KB167099

밤이 아닌 산책

밤이 아닌 산책

이미욱 소설집

호밀밭

차례

밤이 아닌 산책

그날, 아침 하늘은 커다란 비행선 모양의 짙은 구름이 드리워져 어둑했다. 여자는 일어나 거실 베란다 창문으로 가서 강변 산책로를 바라보았다. 강물은 물살에 밀려 흐르고 산책로의 꽃과 나무는 강변의 기척에 아랑곳하지 않고 제 성장을 하는 데 여념이 없었다. 강변 아파트 건물 사이로 보이는 간선도로에는 차들이 바퀴의 힘으로 달리고 있었다. 어두운 창에 고요한 숨이 서렸다. 산책을 시작한 뒤로 흔한 풍경이 예사롭게 보이지 않았다. 산책은 단단하고 뾰족하게 돋아난 뿔 때문에 하게 되었다. 뿔을 발견한 것은 남편이었다.

"머리에 삐쭉삐쭉, 입에 삐쭉삐쭉 뿔이 나 있는 게 누군지 알아?"

저녁을 먹다가 남편이 대뜸 물었다. 여자는 미심쩍은 표정을 지으며 도깨비라고 했다.

"아니야."

남편이 수저를 놓으며 말했다.

"바로 당신이야."

여자는 남편을 쳐다보았다. 아니야, 아니라고 대답해야 하는데 여자는 벌컥 화부터 냈다.

"뭐? 어떻게 나한테 그런 말을 할 수가 있어요?"

여자는 뿔에 받힌 것처럼 아팠다. 제 몸에서 자란 뿔을 생각했다. 좋은 엄마가 되어야 한다는 강박과 아이를 키우면서 드는 끝 모를 불안감과 집안일에 사력을 다하면 몰려오는 피로감과 자꾸만 희미해져 가는 자존감과 뭔가를 잃은 것 같은 상실감과 때때로 엄습하는 무력감 등 복잡한 감정들이 이상한 뿔이 되어버린 것일까.

"그러니까, 집에 있으면 뿔만 나니까 산책이라도 나가 보는 건 어때? 애 재우고 가면 되잖아."

산책이라니. 그것도 밤에. 여자는 얼굴을 꿈틀거리며 어떤 표정을 지어야 할지 고민했다.

"나도 같이 나가고 싶지만 애를 혼자 둘 수 없으니까."

남편의 목소리에는 아쉬움이 묻어났지만 서운한 기색은 없었다.

여자는 뭔가에 떠밀리듯 산책을 시작했지만 결코 나쁘

지 않았다. 아파트 앞에 조성된 강변 산책로는 생각보다 환했고 고요했다. 첫날은 십 분 만에 집으로 돌아왔다. 남편은 걸음과 교감을 나누는 것이 산책이라고 잠꼬대하듯 말했다. 다음 날에 여자는 삼십 분 정도 산책을 했다. 그 밤은 깊고도 평온한 잠을 잤다. 뿔들이 몽땅 뽑힌 것만 같았다.

여자는 아파트 11층의 창문의 잠금장치를 열고 창문과 방충망을 젖혔다. 물내를 품은 바람이 얼굴을 스치고 머리칼을 날렸다. 베란다 난간을 잡고 창틀을 밟고 올라섰다. 난간에 몸을 기댄 채 허리를 굽혔다. 밖으로 오른손을 길게 뻗자 허리가 펴졌다. 바깥의 습기가 손끝으로 전해졌다. 토슈즈를 신은 것처럼 발끝을 세우자 몸이 난간에서 좀 더 빠졌다. 생각보다 두려움의 비중은 가벼웠다. 대기 중의 습기가 온몸으로 스며들었다. 짙은 구름에 비는 오지 않았다.

"여보!"

남편이 여자를 불렀다. 여자가 창틀에서 내려와 남편을 빤히 보았다. 잠깐 정적이 감돌았다.

"아니, 비가 오는지 싶어서…."

여자는 어둠이 내려앉은 창밖을 가리켰다. 개운치 못한 남편의 표정을 읽었다.

"어서 문 닫아."

남편은 미간을 좁히며 어르듯이 말했다.

창밖에 내려진 어둠이 시야를 끌어당기고 있었다. 남편은 전등 스위치를 눌렀다. 탁, 하는 소리에 여자의 구부정한 등이 눈에 들어왔다. 여자의 등 너머 풍경이 저녁같이 느껴졌다. 순간 남편은 여자가 당장 옷을 입고 산책하러 나갈 것 같다는 생각이 들었다. 벽에 걸린 시계를 보았다.

"지금 여섯 시 반이야."

남편의 목소리가 공기를 타고 울렸다. 여자는 남편을 보며 짐짓 고개를 끄덕였다. 남편이 출근 준비를 하러 욕실로 들어갔다. 여자는 조용히 방문을 열었다. 아이는 아직 자고 있었다. 여자는 주방으로 가서 찻물을 올렸다. 연잎차 한 잔과 홍삼정 한 스푼, 사과 한 알을 준비했다.

세탁이 끝난 빨랫감을 건조대에 널고 있을 때였다. 순간 귀를 먹먹하게 하는 소리가 났다. 여자는 직감적으로 창밖을 내다보았다. 아파트 앞 3차선 도로였다. 2차로에 1.5톤 트럭이 멈춰 있고 2, 3차로에 열 상자 분량의 소주병이 쏟아지는 사고가 났다. 소주를 싣고 달리던 트럭이 급하게 좌회전을 한 모양이었다. 그 바람에 무게 중심이 한쪽으로 쏠리면서 도로에 소주병과 상자가 널브러졌다. 소주병들이 도로에 떨어져 산산조각이 났다. 날카로운 유리 파편에 찔릴 듯 여자는 꼼짝하지 않았다. 손에 든 젖은 수건에서 섬유유연제 냄새가 났다. 시선은 계속 창밖을 향했다. 파편이 깔린 도로에서 차들은 좀체 앞으로 나아가지 못하고 있었다. 도로 위로 차량 경적이 시끄럽게 울려 퍼졌다. 일대에 차량 정체가 벌어졌다. 트럭에서 내린 남자는 키가 작고 왜소했다. 온몸이 얼어붙은 듯 서 있었다. 도로의 모든 시선이 자신을 향하고 있어 뒷걸음칠 수도 없었다. 따가운 시선이 살갗으로 느껴졌다. 갑작스럽게 벌어진 일 앞에서 절망할 겨를도 없었다. 그저 상자로 깨진 병 조각들을 그러모으기 바빴다. 여자의 얼굴이 눈물로 젖어 있었다. 축축한 공기 중에 소주 냄새가 떠다니는 듯했다.

"모르겠어. 왜 눈물이 났는지."

여자는 남편의 전화를 받으면서 손으로 얼굴을 닦았다. 남편은 용건 없이 전화하고는 했다. 대체로 아이와 여자의 안부를 묻는 짧은 통화였다.

"안 갔어. 어린이집에 가기 싫다고 울어서 마음이 안 좋아요."

아직 어린이집을 낯설어하는 아이를 억지로 보내면 종일 신경이 쓰일 것 같았다.

"그래도 보내야지. 계속 안 간다고 하면 어쩌려고 그래."

남편의 말에 여자는 아이 없이 홀로 보내는 시간을 생각했다.

"빨래 다 널었어. 꼬셔서 보낼 거예요."

"그래, 회사 오는 길에 목련이 피었더라."

남편은 뜬금없는 말을 하고 전화를 끊었다. 여자는 이상하게 기분이 좀 나아진 것 같았다.

아이는 뽀로로 텐트 안에서 도통 나오지 않았다. 곰, 토끼, 강아지, 너구리 인형을 데려다 놓고 놀고 있었다. 아이 옆에는 뽑아 놓은 티슈가 한가득이다. 혹시 쉬 했어? 응가 했어? 기다려 봐. 아이는 망설임 없이 티슈를 뽑았다. 아기에게 기저귀 갈아주듯 곰의 다리 사이에 티슈를 끼웠다. 하루에 아이 기저귀를 열 번 넘게 갈아 주었던 날들이 떠올랐다. 깊은 밤이 되어도 고단한 하루가 끝나지 않는 생활의 연속이었다. 시도 때도 없이 우는 아기를 달래야 하는 하루의 끝을 알 수가 없었다. 두세 시간 간격으로 모유 수유를 했고 수시로 기저귀를 갈고 씻기고 닦고 난 뒤 빨래와 청소를 끝내면 허기져 맛도 모른 채 위장에 쑤셔 넣는 수준의 식사를 했다. 아무리 먹어도 여자는 공복 상태처럼 예민했다. 거울 속에 비치는 질끈 묶은 머리, 수척한 얼굴, 퀭한 눈이 누구의 것인지 몰랐다. 나도 아닌 너도 아닌 모습이었다. 여자의 얼굴은 온데간데없었다. 두 손으로 아무리 문질러도 낯선 얼굴이 지워지지 않아 당혹스러웠다. 여자는 우는 아이와 같이 울기도 했다. 기저귀를 살피면서 젖을 물리면서 울었다. 정확히 이유를 설명할 수 없는 눈물이 흘러내렸다. 아이에게 좋은 소리는 들려주지 못할망정 우는 소리를 낸다고 엄마는 여자를 나무랐다. 여자의 산바라지에 두 집 살림하느라 엄마도 지쳐 있었다. 엄마는 출산한 여자를 갓난아기의 어미로만 대했다. 젖이 잘 돌아야지 애가 큰다며 광어 미역국을 대접에 가득 담아 내주었다. 여자는 목이 메여 오는 것을 간신히 참으며 미역국에 밥을 말아 먹었다. 찌르르하고 젖이 돌자 가슴이 아팠다. 눈물이 식탁 위로 떨어졌다. 여자는 환한 창밖을 액자 속 그림처럼 쳐다보았다.

남편은 여자의 후줄근한 모습을 본체만체했다. 여자가 파자마를 입고서 남편에게 다가가자 왜 이래 하며 밀쳐냈다. 순간 여자는 가슴이 복받쳐 올랐다. 남편은 미안해했지만 여자의 감정은 사그라지지 않았다. 퇴근한 남편은 몸져누운 늙은이 같기도 하고 유치한 초딩 같기도 했다. 드라마 속 남편을 흉내 내듯 여자를 안고 토닥여주기도 했다. 힘들지. 남편은 한국 경제가 힘들다며 능청을 떨었다. 여자는 눈을 흘겼지만 남편은 대수롭지 않게 여겼다. 남편은 오줌 기저귀와 똥 기저귀를 수시로 내놓는 아이를 신기하게 쳐다보았다. 팔뚝만 한 몸집이 나보다 더 많이 싸는 거 같다며 고개를 갸웃거렸다. 기저귀로 꽉 채운 쓰레기봉투의 무게에 놀라 입이 쩍 벌어졌다. 남편은 틀림없이 몸집만 큰 아이였다.

여자는 몸살 기운을 느꼈다. 비상약 통에서 종합감기약을 하나 꺼내 먹었다. 여자는 어린이집 가방을 어깨에 메고 아이를 챙겨 집을 나섰다. 아파트 입구로 나오자 소주병 파편이 널려 있는 도로와 마주했다. 여자는 도로의 광경을 물끄러미 바라보았다. 어느새 도착한 교통경찰은 차량의 원활한 소통을 확보하고 소방대원은 도로 위에 깨진 소주병과 상자를 수습하고 있었다. 도로 주변을 지나가던 사람들은 발길을 잠깐 멈추었다가 이내 앞으로 내디뎠다. 버스는 정류장에 정차하지 못했다. 도로 한복판에서 승객들을 승하차시킬 수밖에 없었다. 사람들은 비명이라도 지를 듯한 표정이었다. 도로 위의 걸음들은 조심스럽고도 신중했다. 발밑의 파편을 밟지 않기 위해 안간힘을 썼다.

누군가가 아이를 불렀다. 돌아보니 얼굴에 곰보 자국이 있는 노인이었다. 여자는 아이와 등원 전쟁을 치른 표정을 애써 감추었다. 통장 일을 맡았던 곰보 노인은 마을 사람에 대해 모르는 것이 없었다. 한참 더 배가 내려와야 겠네, 담달이 해산인데 호강 말고 부지런히 댕겨야 애가 나오지. 곰보 노인이 처음으로 건넨 말이었다. 여자의 사정을 훤히 꿰고 있는 말이 당황스럽고 불편했다.

"많이 컸네. 어린이집에도 가고."

여자가 고개를 끄덕이며 곰보 노인에게 인사했다. 아이에게도 인사를 하라고 말했다. 아이는 입만 쑥 내밀고 있었다.

"내가 마음이 슬퍼서 인사를 못 하겠어."

아이는 높임말에 익숙하지 않았다. 여자는 아이의 말

에 적잖이 놀랐다.

"아이고, 우리 아가 와 슬픈고? 참말로."

곰보 노인은 어처구니가 없다는 듯이 고개를 내저었다.

"내가 속상해서 눈물이 나왔어."

아이를 보던 곰보 노인이 기가 막힌다는 표정을 지었다. 혀가 얼어붙은 것처럼 여자는 아무 말도 하지 못했다.

"속상해서 어찌할꼬. 사내가 울면 되는가? 이걸로 맛난 거 사 먹어."

곰보 노인은 주머니에서 천 원을 꺼내 아이에게 주었다.

"고맙습니다."

아이는 주머니에 돈을 집어넣으며 인사했다.

"고것 참, 입이 야물다. 야물어."

곰보 노인이 마른 손으로 아이의 부드러운 머리칼을 휘휘 저었다. 그때 그들 앞으로 장애인용 전동휠체어가 지나갔다. 순간적으로 여자는 아이의 손을 잡아당겼다.

"애 엄마! 애가 다치는 건 한순간이야. 다치면 다 어미 탓이고."

곰보 노인은 미간에 주름을 세우고 말했다. 여자는 뭔가 못마땅해하다가 우연히 전동휠체어 뒤에 적힌 단어를 보았다. KARMA. 잘못 본 것인가 의심이 들어 다시 확인했다. 여자는 점점 멀어지는 전동휠체어를 보았다. 아이는 자꾸만 여자의 손을 잡아당기고 있었다.

곰보 노인은 사고가 난 도로 근처로 갔다. 살면서 깨진 술병을 이렇게 많이 보는 것은 처음이라며 주위를 서성거렸다. 길 위에서 배가 불룩하게 튀어나온 노인이 손을 들어 보였다. 어수선하고 산만한 분위기 속에서 곰보 노인은 수인사를 알아채지 못했다. 배불뚝이 노인이 곰보 노인 옆으로 다가섰다. 아침부터 재수 없게 이게 무슨 일이냐고 말했다. 자기가 깬 것도 아닌데 뭘 그리 투정을 부리냐며 곰보 노인이 퉁명스레 쏘아붙였다. 배불뚝이 노인은 죽은 영감이 쌓아 놓던 소주병이 생각난다며 초록색 파편에 눈을 흘겼다. 입술을 달싹거리던 곰보 노인이 배불뚝이 노인을 슬쩍 쳐다보고는 말았다.

아파트 앞 도로로 향하던 차들 중 몇몇이 맞은편 길목으로 빠져나갔다. 강변 길목에는 고깃집과 레스토랑 그리고 카페가 늘어서 있었다. 길목 안으로 들어가면 살갑게 붙어 있는 주택들이 많았다. 온기가 숨은 담장 중에 두 노인의 집도 자리했다. 주택가 골목에는 세월이 공들여 쌓아 놓은 내력이 곳곳에 깔려 있었다.

"금세 하네. 저걸 언제 다 치우나 싶더니만."

곰보 노인이 소방대원을 보았다. 도로에서 소방대원은 플라스틱 삽으로 깨진 소주병을 쓸어 담는 데 여념이 없었다. 도로 정체는 경찰의 수신호로 조금씩 풀리고 있었다.

"우리나라는 경찰하고 소방관이 없으면 일이 안 돼."

배불뚝이 노인이 고개를 절레절레 흔들었다.

"갑시다. 서 있기도 힘드네."

곰보 노인이 인상을 찌푸리며 고갯짓으로 강변 산책로 방향을 가리켰다.

"그런데 왜 교통 지도하는 해병대가 안 보이지."

번뜩 생각난 듯 배불뚝이 노인이 말했다. 곰보 노인은 대꾸하지 않고 뒷짐을 지었다. 길 위를 휘적휘적 걸어가는 두 노인의 어깨와 손에 든 가방이 들썩거렸다. 길 위에 그림자는 없었다. 하늘에는 구름이 잔뜩 끼어 있었다. 노인의 걸음은 강변 산책로를 향했다.

아파트 상가 마트 안에는 손님이 없었다. 아이는 가지런히 진열해 놓은 과자를 둘러보고 있었다. 초콜릿과 과자, 사탕 앞에서 아이는 여자의 손을 놓았다. 슬프고 속상한 감정은 달아난 지 오래였다. 마트에 오는 즐거움을 아는 아이는 콧노래를 흥얼거리며 걸었다. 이토록 가벼운 걸음이라니. 아이의 걸음은 돌이 지나서 늦게 시작했다. 걷기 시작하면서부터는 거의 뛰는 수준으로 걸어 다녔다. 그때부터 여자는 줄곧 운동화만 신었다. 아이가 넘어져 다칠까 봐 긍긍하며 좇아가는 데 운동화만 한 게 없었다. 아이는 자주 오는 기회가 아니라는 것을 아는 듯 과자를 고르는 데에 제법 신중했다.

마트 사장은 휴대폰으로 고스톱 게임을 하고 있었다. 화투장을 내려치는 소리가 찰지게 들렸다. 여자가 마트 입구로 가서 도로 쪽을 향해 보았다. 도로에 널려 있던 초록색 파편이 눈에 띄게 줄어들었다.

"하루 공쳤어. 병값만 해도 얼마야. 쯧쯧."

마트 사장은 고스톱판을 보며 혀를 찼다. 도로 위에서 트럭 남자는 굳은 표정으로 발을 못 떼고 주저하고 있었다.

"앗싸!"

별안간 들린 소리에 여자는 떨떠름한 표정을 지었다. 트럭 남자가 소방대원에게 인사를 건네며 걸음을 옮겼다. 소주병을 실은 트럭이 도로를 빠져나갔다.

아이가 양손에 과자를 하나씩 들고 왔다. 과자를 야무지게 쥐고 자신만만한 표정을 지었다. 여자의 웃음이 초콜릿처럼 흘러내렸다. 아이를 과자로 꾀어서 어린이집에 보내려는 자신이 우스웠다. 아이는 어린이집에 가기 싫어했다. 낯선 곳에서 놀고 밥 먹고 낮잠을 자는 일은 생각보다 적응하기가 쉽지 않았다. 밤잠을 자다가 헛소리도 하고 울기도 했다. 그런 모습이 안쓰럽다가도 등원 준비를 할 때면 아이와의 실랑이에 짜증이 솟구쳤다. 아이는 빼빼로를 손에 쥐고 오물거렸다. 어린이집은 걸어서 10분 남짓한 거리에 있었다. 여자는 아이가 좋아하는 동요를 불러주며 걸었다. 목이 붓고 따끔거렸다. 감기약이 제대로 듣지 않는 모양이었다. 노래가 멈추자 아이는 노래를 불러 달라고 했다. 목이 아프다고 아이에게 말했다. 아이는 목이 아프면 하고 운을 떼더니 목이 아파도 불러 달라고 했다. 순간 여자는 아이의 동그란 정수리를 내려칠 뻔했다. 다시 노래를 시작하자 아이가 따라 불렀다. 어린이집에 가까워지자 여자는 친구와 과자를 나눠 먹고 재미있게 놀라고 일렀다. 아이는 대답하지 않았다. 아이에게 닿지 못한 말들이 어디론가 흩어졌다. 어린이집 앞에서 아이는 과자를 혼자 다 먹을 거라고 했다. 울음이 터질 것 같은 얼굴이었다. 그리고 여자와 영영 멀어질 듯이 뒷걸음을 쳤다. 여자는 다가가 아이를 품에 안았다. 엄마랑 사자놀이터에서 놀고 싶어요. 아이가 귓가에 대고 울먹거렸다. 아이의 숨결에서 단내가 느껴졌다. 여자는 허공을 향해 깊은 숨을 쏟아냈다.

강변 산책로의 중간 지점에 놀이터가 있었다. 산책로를 걷는 아이의 걸음은 종잡을 수 없어 시선을 놓지 못했다. 걷다가 멈추는 걸음의 간격을 예측하는 것은 불가능했다. 그저 예의주시할 수밖에 없었다. 아이는 짙은 올리브빛 강물과 점프하는 물고기와 소리 내는 갈매기와 일하는 개미와 시든 나뭇잎과 말을 섞었다. 제각기 다른 이야기를 하며 어깨를 으쓱거렸다. 여자는 아이의 말벗이 되어 주는 산책로 풍경을 두리번거렸다. 오랜만에 누군가를 만난 것같이 서먹한 기분이 들었다. 어두운 낮이었다.

아이가 돌멩이를 주워 강물에 던지자 언저리에서 숭어가 펄쩍 튀어 올라왔다. 돌멩이가 물고기로 변했다고 아이는 마법사처럼 말했다. 마력을 다한 듯 아이는 다리가 아프다며 산책로의 나무 의자에 올라앉았다. 허공에 다리를 달랑달랑 흔들면서 부르는 콧노래에는 흥이 실려 있었다. 여자는 산책로에서 멀뚱멀뚱하게 서 있었다. 어딘지 모르게 어색하게 느껴지는 산책로를 바라보았다.

기분이 뒤숭숭했다. 여자는 낮보다 밤이 더 익숙할 뿐이라고 생각했다.

산책한 지 일주일이 지난 밤이었다. 집으로 돌아오자 잠에서 깬 아이는 엄마를 찾아 울부짖었고 남편은 곤죽이 되어 있었다. 여자는 침착하게 아이를 달래며 진정시켰다.

"도대체 산책을 몇 시간이나 하는 거야!"

남편은 짜증 섞인 말투로 신경질을 냈다.

"고작 한 시간이라고요."

여자는 낮은 소리로 힘주어 말했다. 남편은 시계를 보며 고개를 저었다. 아이는 여자의 품을 파고들면서 울음을 그쳤다. 잠든 아이의 얼굴을 쓰다듬으며 여자는 내일도 산책하러 나갈 것이라고 다짐했다. 우는 아이를 달래지 못하고 쩔쩔매던 남편은 소파에 누워서 하소연했다. 자다가 갑자기 일어나 엄마를 찾는데 아무리 달래도 소용이 없더라고. 끝도 없이 우는데 환장하는 줄 알았다고. 아이 달래는 요령에 대해 여자가 말하고 있는데 남편이 대뜸 왜 그리 늦었냐고 물었다. 여자는 걷다 보니 그렇게 됐다고 얼버무렸다. 남편이 여자를 빤히 쳐다보았다. 여자가 자리를 뜨려는데 남편이 바싹 다가왔다.

"그런데 당신 좀 축축해. 온몸에 물비늘을 붙이고 온 것 같이."

"뭐라는 거야. 어서 들어가 자요."

여자는 서두르듯 욕실로 들어갔다. 따뜻한 물이 욕실 바닥에 쏟아져 내리면서 김이 모락모락 났다. 샤워기 아래서 물을 맞으며 여자는 비밀이 하나 생긴 것 같은 기분이 들었다. 물줄기가 떨어지는 소리를 들으며 발밑을 내려다보았다.

"걷다 보니, 난쟁이를 만나서 좀 늦었어."

남편에게 말하지 못한 말을 중얼거렸다. 산책하면서 누군가와 함께 얘기를 나눌 줄은 꿈에도 생각 못한 일이었다.

여자가 강변에서 정취를 느끼며 걷다가 문득 정적의 순간을 맞이할 때였다. 화려한 야경을 자랑하는 강가에서 희뿌연 빛을 발견했다. 달빛인가 싶어서 하늘을 보았지만 달은 없었다. 여자는 강물을 바라보다가 산책로 난간 아래에 시선이 닿았다. 어두운 난간 아래 바위에서 누군가 손전등으로 수면을 비추고 있었다. 그는 바위에 들러붙은 덩어리처럼 미동이 없었다. 잠시 불빛이 꺼지자 그는 뜰채로 뭔가를 건어 올렸다. 다시 켜진 불빛은 강물을 비추는 교교한 달빛 같았다.

"갈 길 가소. 난쟁이 처음 보나."

그는 자못 퉁명스러웠다. 허공에 떠오른 목소리가 강물로 흘러내려 가는 듯했다. 여자는 이상하게 기분이 나쁘지 않았다. 난쟁이도 뿔이 있는 것 같아 왠지 동질감이 느껴졌다.

"난쟁이들 많이 봤는데… 야간근무는 할 만하세요?"

여자는 아무렇지도 않게 말이 나와서 스스로도 의아해했다. 낯선 사람에게 말하는 것이 얼마 만인가 싶었다. 저도 모르게 나온 말은 제법 흥미로웠다.

"후, 야간근무를 안 해봤으면 말을 마소."

난쟁이의 말투는 한결 누그러져 있었다. 여자는 느닷없이 억울한 기분이 들었다.

"저 24시간 풀로 근무하는 사람이에요. 애 보는 일은 출퇴근이 없다구요."

입에서 뿔이 솟아나는 것을 느꼈다. 여자는 자신의 목소리가 왠지 공허하게 들렸다.

"세상에 쉬운 일이 어디 있소. 그런데 난쟁이들이라니. 어디서 봤소?"

여자는 두터운 막을 걷어낸 듯 발을 난간에 걸치고 몸

을 기울였다. 얘기가 조금 즐거워질 것 같았다.

"술집에서요. 난쟁이 술집이 보라카이에 있어요."

난쟁이는 여자의 말을 재차 확인했다. 여자는 보라카이 디몰에 있는 '호빗 터번'에서 맥주를 마시고 난쟁이와 사진도 찍었다고 이야기했다. 오 년이 지난 일인데도 너무나 선명하게 기억났다. 친구들과 선셋 세일링을 즐기며 자유를 만끽했던 시간이 아득하기만 했다.

"천국일세. 보라카이… 환경오염으로 관광객을 안 받는다는 곳이지?"

"잘 아시네요."

"알고 있어야지. 우리같이 업이 많은 사람은 그렇소. 그래야 먹고 살 방도를 찾을 수 있으니까. 보라카이… 가고 싶네."

여자는 강물에 일렁이는 야경을 보았다. 새삼 기이할 정도로 화려해 보였다. 이곳이 아닌 곳이라면 난쟁이는 산책로 아래서 몸을 숨기지 않아도 될까 하고 생각했다.

"언젠가는 갈 수 있지 않을까요."

여자는 읊조리듯 말했다. 난쟁이는 맞장구치지 않았다. 어쩌면 그런 날이 오지 않을 것을 알고 있는지도 몰랐다. 다시 불빛이 꺼졌다. 난쟁이는 뜰채를 잡고 뭔가를 건어 올렸다. 다시 불빛을 켜고 강물을 비추었다.

"많이 잡았어요?"

여자가 속삭이듯 물었다.

"…장어는 비밀이 많소. 강에서 수놈으로 살다가 바다에서 암놈으로 변해 알을 낳고 죽거든. 한 몸으로 어떻게 번식하는지 아무도 몰라. 강에서 먼 바다로 어떻게 가는지 또 새끼들이 어떻게 강으로 돌아오는지 아무도 모르지. 그 비밀이야말로 생존전략이 아니겠소."

여자는 끝없이 흐르는 물결을 보았다. 살아남기 위해서 물결을 타고 멀고 먼 길을 가는 장어의 모습이 그려졌다. 장어가 어디로 어떻게 가는지 물결은 알고 있는 듯했다.

"그 비밀이란 게… 계속 걸어야겠어요."

여자는 눈앞에 아스라이 펼쳐진 길을 보며 말했다.

"잘 걸어가소. 제 걸음대로 산다지 않소."

마치 점쟁이가 내다보는 것처럼 들렸다. 여자는 아이를 좇아가는 걸음을 떠올렸다.

"어서 걸어가소. 더 늦기 전에."

여자는 난쟁이의 말을 곱씹었다. 더 늦기 전에. 난간에서 여자는 내려왔다. 인사 대신 많이 잡으라고 했다. 여자는 걷다가도 어느 순간이 되면 강물을 비추는 불빛에 대해 생각했다. 불빛의 자리를 유심히 내려다보기도 했다. 그 자리에는 여자를 기다리는 어떤 존재가 있을 것만 같았다.

여자는 산책로 난간 아래를 두리번거렸다. 불빛을 비추던 자리가 어딘지 찾고 있었다. 고개를 갸웃거리다가 어느 한구석이 눈에 익었다. 여자가 강가 난간에 올라가 발을 걸치고 몸을 내밀려고 할 때였다.

"애 엄마! 거기서 뭐 하요?"

크고 매서운 목소리였다. 놀란 여자는 난간을 내려와 엉거주춤 섰다. 머리가 핑 돌았다. 곰보 노인이 엄한 얼굴로 노려보았다.

"애 보는 앞에서 찬물도 마시지 말라 했거늘. 쯧."

배불뚝이 노인도 옆에 서 있었다. 여자는 야단맞는 아이처럼 어쩔 줄 몰라 했다. 마침 아이가 엄마를 부르며 달려왔다. 여자는 아이를 끌어안았다. 아이가 여자의 등을 도닥였다.

"딸내미랑 때 빼고 광내서 어디 가려고?"

배불뚝이 노인의 목소리에 곰보 노인이 고개를 돌렸다. 산책로 맞은편에서 와인색으로 염색한 노인과 딸이 목욕 가방을 들고 걸어왔다. 아이는 다람쥐 먹이를 찾는다며 산책로에 늘어선 나무 아래로 갔다. 여자의 시선은 아이와 노인들 사이를 오갔다.

"뭐 뻔한 걸 묻고 그래. 애인 만나러 가겠지."

곰보 노인이 거들었다. 염색 노인은 수줍게 웃었다.

"우리 아저씨랑 꽃구경 가요."

딸의 목소리가 카랑카랑했다.

"딸내미가 더 신났네. 그리 좋아?"

곰보 노인이 말했다.

"그럼요. 놀러 가고 맛난 것도 사주고. 돈도 많고. 꼭 우리 아빠가 보내준 아저씨 같아요."

딸은 천진난만한 표정으로 스스럼없이 말했다. 여자는 제 낯이 부끄러워지는 것 같았다.

"참말로 복 터졌네."

배불뚝이 노인의 비꼬는 듯한 말투에도 염색 노인은 배시시 웃기만 했다.

"딸내미도 시집가서 애 낳고 해야지."

곰보 노인이 딸을 가만히 쳐다보며 말했다.

"가고 싶은데 남자가 없어요. 아저씨 같은 남자가 딱 맞는데."

딸은 혼자서 히죽거렸다. 배불뚝이 노인이 강 너머를 보며 고개를 저었다. 시선이 오가다가 여자와 염색 노인이 서로 눈을 마주쳤다. 염색 노인이 알은척하자 여자는 적잖이 당황했다. 염색 노인과는 말을 섞어 본 적이 없었다.

"애 엄마가 웬일로 낮에 나왔네. 밤이슬만 밟더니. 아, 애가 어린이집에 안 갔네."

염색 노인은 혼자 묻고 답하면서 고개를 끄덕였다. 여자는 놀란 기색을 애써 참았다. 채신없이 밤이슬이라니. 머리가 지끈거렸다. 여자는 마뜩잖은 눈으로 염색 노인을 보았다. 염색 노인은 먼저 가 보겠다며 딸과 함께 걸어갔다. 민들레 씨앗이 바람을 타고 흩어져 날아갔다. 여자는 아이의 손을 붙들어 잡았다. 바닥에 꺼질 듯 몸이 무거웠다. 집으로 돌아가 쉬고 싶었다. 노인들은 모녀의 뒷모습을 지켜보며 중얼거렸다. 저 팔푼이를 어째. 제 아비 컨테이너에 깔려 죽고 이백씩은 나온다지. 그러니 팔푼이가 놀고먹지. 어쨌든 복 터졌어. 서방 노름빚 갚는다고 어지간히 고생하더니만. 끊임없는 이야기가 산책로를 떠다녔다. 노인의 걸음은 세월아 네월아 부르듯 했다.

여자는 낮잠을 재우면서 아이와 같이 까무룩 잠이 들었다. 그 사이에 부재중 전화 두 통과 문자가 와 있었다. 남편이었다. 회식이 있어 늦겠다는 문자를 들여다보다가 통화 버튼을 눌렀다.

"그럼 몇 시에 와요?"

"글쎄, 모르겠는데?"

남편은 여자의 말에 관심이 없는 듯했다.

"모르겠다니! 나 산책 가야 하잖아요."

날카로운 목소리가 튀어나왔다. 여자는 자동차 장난감을 가지고 노는 아이를 힐끔거렸다.

"시간을 정해 놓고 하는 회식이 어딨어? 산책을 하루쯤 안 가면 어때서 그래?"

남편이 받아치는 말은 너무나 뻔뻔하고 당당했다.

"어때서라니? 내가 할 수 있는 일은 산책밖에 없다고요!"

여자는 화가 치밀어 올라 쏘아붙였다. 마음대로 하라며 남편은 전화를 끊어 버렸다. 귓전에서 불통의 신호음이 내내 울렸다. 11시까지 안 오면 그냥 갈 거야. 산책 나간다구요. 여자는 시계 앞에서 문자를 보냈다. 언제부터인가 여자의 시간은 그대로 멈춰 버렸다. 그런데도 시간은 잘도 흘러갔다. 걷잡을 수 없이. 거실 창밖으로 어스름이 지고 있었다. 여자는 저녁 준비를 하면서 밤이 오기만을 기다렸다.

현관 센서 등이 탁 켜지자 아이의 쌔근거리는 숨소리가 귓가에서 달아났다. 여자는 현관에 놓인 운동화에 발을 꿰다가 벗었다. 신발장을 열자 에나멜 구두가 눈에 띄었다. 임신하면서부터 신지 못했던 구두를 꺼냈다. 구두가 발에 맞아 웃음이 났다. 그때 현관문 번호키 누르는 소리가 들렸다. 남편이 고기 냄새와 퀴퀴한 냄새를 풍기며 들어왔다. 여자는 남편을 흘겨보고 문을 열었다.

"밖에 날씨가…."

남편은 말을 맺지 못한 채 구두를 신고 나가는 여자를 멀거니 쳐다보았다. 또각또각 소리가 귀에 매달렸다.

여자는 산책로를 걸어 나가기 시작했다. 아랫배에 힘을 주고 어깨를 펴고 허리를 세웠다. 고개는 살짝 당겼다. 구두 소리가 가슴을 두드리듯 했다. 강물은 어김없이 넘실거리며 흘러갔다. 강물 위로 화려한 야경의 불빛이 번져 흐르고 있었다. 여자는 산책로의 고요 속을 걸었다. 걸음마다 환한 발자국이 생겨날 것만 같았다.

"꽃이 얼마나 예쁘게 피려고 이렇게 바람이 찬 거야."

여자는 중얼거리며 바람이 쓸고 간 얼굴을 매만졌다.

새 한 마리가 소리 없이 강물 위로 날아갔다. 저 멀리 짙은 안개가 자욱하게 피어오르고 있었다. 높은 건물이 안개에 반쯤 가려져 희미했다. 안개에 가려진 모습은 안개가 걷힌 후에 드러날 것이 분명했다.

강물에 흐르는 물결처럼 안개가 끊임없이 밀려왔다. 얇고 투명하게 퍼져 오는 안개에 시야가 몽롱하게 흐려졌다. 안개가 서서히 내려앉았다. 이토록 환하다니. 물비늘이 여자의 몸에 달라붙었다. 여자는 안개에 젖어 안개 속을 헤집으며 걸어 나갔다. 구두 소리가 나는데도 걸음은 도무지 나아가질 않는 듯했다. 여자는 발밑을 내려다보았다. 흰 그림자 하나가 올려다보고 있었다. 두 발에 못이라도 파고드는 것처럼 아파 왔다. 안개에 젖은 몸 밖으로 흰 그림자가 말라 있었다. 젖은 몸이 순식간에 바싹 말랐다. 헤어지지 못한 흰 그림자의 살내가 몸속으로 퍼져 갔다. 몸이 휘청거렸다. 눈물이 양수처럼 차올랐다. 여자는 흰 그림자의 발자국을 따라가 손을 내밀었다. 잡힐 듯 잡히지 않는 흰 그림자는 끝내 손에 닿지 않았다. 여자는 눈을 질끈 감았다. 어깨가 떨려왔다. 사타구니에서 흐르는 물결을 타고 흰 그림자가 떠내려갔다. 하나의 존재가 될 수 있었던 아이. 이곳이 아닌 다른 곳으로 흘러간 아이. 차디찬 핏빛의 덩어리인 채로 떠내려 갔다. 배웅하듯 오래도록 보고 있었다. 아랫배가 저려왔다. 여자는 아기집을 짓지 못하는 너덜너덜한 아랫배를 움켜쥐었다. 눈앞이 까마득했다. 그 비밀이란 게… 뿔이 되었더라고요. 삐쭉삐쭉 통증이 오는데 걸으면 안 아파요. 신기하게. 그래서 계속 걸어야겠어요.

"잘 걸어가소. 제 걸음대로 산다지 않소."

귓가에서 난쟁이 목소리가 울렸다.

"어서 걸어가소. 더 늦기 전에."

아무리 둘러보았지만 어디에도 난쟁이는 없었다.

안개가 기지개를 켜듯 일어났다. 가야 할 길이 펼쳐져 있었다. 여자는 산책로를 걸어 나가야만 했다. 안개가 걷힐 때까지 계속 걸어야 했다. 두 팔을 벌리자 생의 감각들이 부풀어 오르기 시작했다. 안개 속에서 여자의 모습이 드러나면 하루가 다시 시작될 것만 같았다.

어느 결에 푸르스름하고 불그스름한 빛이 물결처럼 일렁였다. 사람들의 웅성거리는 소리가 들렸다. 어렴풋이 누군가의 손짓도 보였다. 목울대가 뜨거워지고 가슴이 떨렸다. 홍미로운 표정을 하고 검은 입을 가진 사람들이 모여 있었다. 그중에 경찰과 소방대원도 있었다. 눈앞에 벌어진 일은 제 일이기도 했고 아니기도 했다. 그곳에 여자의 모습이 드러났다.

자정이 넘은 시간이었다. 사람들은 두 팔을 벌리고 얼굴은 하늘로 향한 채 강물에 떠 있었다고 했다. 경찰에 신고한 주민은 무지개다리에서 비추는 조명에 시체가 떠내려가는 것 같이 보였다고 말했다. 강변 산책로를 걷고 있던 주민은 살려 달라고 허우적거리지 않아서 사람이 빠진 줄 몰랐다며 고개를 내저었다. 관할 소방서 관계자는 요구조자가 저체온증 외 특이점은 없었고 입고 있던 오리털 점퍼 덕분에 무사히 구조될 수 있다고 전했다. 뉴스는 이 사고를 보도하면서 오리털 점퍼 덕분에 목숨을 건질 수 있었다고 강조했다. 구명조끼 역할 오리털 점퍼, 주인 구한 충직한 오리털 점퍼 같은 기사 제목이 눈길을 끌었다. 사람들은 오리털 점퍼가 비싼 만큼 제값을 한다며 검은 입을 벌리고 웃었다.

여기 없는 날들

사라질 통증이 아니라는 것을 깨닫고 난 뒤에야 병원을 찾았다. 의사가 모니터에 두개골이 훤히 보이는 CT 영상을 띄워 놓고 분명한 사실을 얘기하는 동안 그녀는 의사의 귀 뒤로 난 창문을 보았다. 새파란 하늘이 바다같이 보여 불현듯 마음이 파도처럼 치솟았다가 부서졌다. 의사는 뇌종양에 대해 지루할 정도로 자세하게 설명하더니 이상이 없다는 진단을 내렸다. 그럼에도 두통과 오심, 구토 증상이 나타나는 이유가 무엇 때문인지 명확하게 알려주지 않았다. 다만 진단서를 써 주면서 조심스레 정신과를 권유했다. 통증을 이해하기보다 처치의 해결 방안이 더 신속하게 이루어졌다. 그녀는 속이 메스꺼웠다. 입술을 꾹 다물고 침을 삼키며 겨우 참고 있는데 의사가 구토할 것 같으냐고 물었다. 그녀는 헛웃음을 흘렸다. 통증으로 정신과 진료를 병행해야 한다는 사실이 적이 참담했다. 의사는 고개를 갸웃거리더니 나긋한 목소리로 불행이 아니라고 했다. 그 말이 귀를 타고 들어와 목울대를 뜨겁게 하더니 옆구리를 찌르는 듯했다. 그녀는 진단서를 손에 쥐고 진료실을 나왔다. 더는 통증의 내부를 들여다보지 않겠다는 말은 하지 않았다. 머리가 심장처럼 벌떡거리는데 병명이 없다니. 이토록 존중받지 못하는 아픔을 갖고 살아야 하는가. 그녀는 화가 났는데 피곤함이 불쑥 끼어들어 그만 지쳐 버렸다. 한 시간 남짓 병원에 있는 동안 수납 영수증만 세 장이었다. 영수증에 적힌 글자와 숫자를 확인하고 나니 뒷목이 뻐근했다.

그녀는 병원 출입문 앞에 멈춰 서서 바깥을 노려보았다. 문 너머로 햇빛이 산산이 부서졌다. 문짝에 돌팔매질이라도 하고 싶었다. 그러다 환한 풍경이 자아내는 묘연한 분위기에 사로잡혀 동그마니 있었다. 자동문이 열리고 닫히기를 계속 반복했다. 붕대 감은 환자와 링거 꽂은 환자와 목발 짚은 환자와 환자복 입은 환자와 간병인과 방문객이 드나들었다. 적당히 번잡했으므로 분명치 않은 말들과 웃는 소리가 들려왔다. 몇 달 전과 다를 바 없는 모습에 마음이 서늘해졌다.

수포네요. 얼마나 됐어요?

그녀의 입안을 확인한 뒤 의사가 물었다. 그녀는 어, 하고 운을 떼고는 이틀 아니 사흘인지 모르겠다고 답했다. 국화꽃을 보고 들어온 날, 목이 붓고 열이 났다. 감기인 것 같아 약을 먹었는데 손과 발에 붉은 반점이 번지더니 수포가 생겨났다. 의사는 손발과 입안까지 수포가 생기는 수족구병이라고 했다.

바이러스라 약이 없어서, 식사를 계속 못 하면 수액을 맞고 열이 나면 해열제를 복용하는 수밖에 없어요. 혹시 아이가 있어요?

얼른 대답이 나오지 않았다. 해야 할 말은 있는데 말로 표현이 되지 않아 입이 열리지 않았다. 그녀는 가만히 맥박이 빨라지는 것을 느꼈다. 의사는 그녀를 보더니 어깨를 한 번 들썩거렸다.

아니, 전염성이고 아이가 잘 걸리는 병이라서.

의사는 멋쩍어하며 면역력을 잘 키워야 한다고 당부했다. 그녀는 실없이 고개를 끄덕이며 아이가 수족구병에 걸린 적이 없다는 것을 알았다. 맥박 소리가 점점 멀어져 갔다.

손쓸 방법이 없다고?

퇴근한 남편은 놀라면서도 화를 내는 것 같았다. 그녀는 남편을 물끄러미 선 채 보다가 조금 지친 표정으로 고개를 돌렸다. 씻고 나온 남편은 늦은 저녁을 먹었다. 남편의 밥 먹는 소리가 유난히도 크게 들렸다.

약도 없는데… 애가 잘 걸린다니.

남편이 문득 생각난 듯 말하고는 수저를 놓았다. 무기력하게 있다가 식탁 전등을 쳐다보더니 화장실로 들어갔다. 전등갓에는 아이가 붙여 놓은 반딧불이 스티커가 있었다. 그녀는 식탁 앞에서 남편이 틀어 놓은 물소리를 한참 듣다가 하는 수 없이 저녁상을 치웠다. 수세미로 설거지를 하면서 문득 그릇만도 못한 마음에 대해 생각했다. 흐르는 물에 헹궈내지도 못하는 마음을 두고 그녀는 애먼 그릇만 계속 씻었다. 그녀는 행주를 널면서 서재에 이부자리를 깔아야겠다고 마음먹었다.

이렇게까지 해야 되는 거야?

서재에 들어갔다가 나온 남편이 말했다.

전염병이라잖아요.

남편은 그녀를 찬찬히 살펴보았다. 수척하고 피곤한 얼굴에서 감정을 읽어내기가 힘들었다. 서로 감정을 느끼고 배려하는 데 있어서 한계에 도달했다는 것을 알았지만 누구의 잘잘못을 따질 수 있는 문제가 아니었다.

그래서… 당분간 떨어져 지내는 게 좋을 것 같아요.

그녀의 의지와 상관없이 눈 밑이 파르르 떨렸다. 이기적이라는 생각이 들었지만 솔직해지기로 했다.

떨어져 지내다니?

남편의 얼굴에 착잡한 마음이 고스란히 드러났다. 두 사람에게 닥쳐올 위기에 대해 한 번쯤 상상해 봤지만 어떻게 대처해야 할지 막막하기만 했다.

그러는 게 좋을 것 같아요. 지금은 늦었으니까, 주무세요.

그녀는 할 말을 다 했다는 듯 방으로 들어갔다. 남편은 그녀의 뒷모습을 멀뚱히 바라보기만 했다. 무슨 말을 해도 뒤돌아보지 않을 것 같았다.

그 밤, 그녀는 잠이 오지 않아 방을 나갔다. 거실은 적막했고 빈방은 고요했다. 불 꺼진 주방에서 남편은 캔 맥주를 마시고 있었다. 그녀는 빈방의 문손잡이를 조심스레 잡았지만 열지 못하고 제 방으로 들어갔다. 침대에 누워 잠들기를 기다리는데 체한 것처럼 가슴이 답답해져 왔다. 입안에 난 수포 때문에 제대로 먹지도 못했는데 무슨 일인가 싶었다. 자리에서 일어났다가 누웠다가 다시 일어나서 방문을 조금 열었다. 문틈 사이로 남편의 숨소리가 희미하게 들려왔다. 그녀는 겨우 잠을 잘 수 있었다.

밤마다 문을 조금 열어두고 자는 동안, 먹는 일이 힘들고 수포 자리에는 각질이 일어났다. 한 달이 지나자 엄지 손톱이 하얗게 뜨기 시작했다. 손톱 뿌리에 연한 속살이 차오르면서 손톱은 조금씩 밀리듯 빠져나갔다. 양손의 엄지와 검지 손톱이 빠지고 새 손톱이 점점 자라면서 혼자 자는 것에 익숙해져 갔다. 지독한 후유증을 겪으면서 그녀는 어떤 생각에 때때로 가슴을 쓸어내렸다. 집으로 남편이 돌아왔을 때 식탁 위에는 이혼서류가 놓여 있었다. 남편은 그녀가 적어 놓은 내용을 멍하니 쳐다보다가 군데군데 비어 있는 칸을 채워 나갔다. 사인은 끝내 하지 않아 보류된 채로 있었다.

자동문에 갇혀 버린 거요?

검은 모자를 쓴 남자가 옆에 와 있었다. 키 작은 낙타를 떠올리게 하는 모습이었다.

그게 무슨….

남자의 눈이 모자에 가려 보이지 않았다.

문이 열려 있어도 못 나가니 하는 말이오.

그녀는 그제야 자동문이 자신을 인식하고 있다는 것을

알아챘다.

제 문에 갇힌 게로군.

그녀는 뭔가를 들켜버린 것 같아 당혹스러웠다. 반사적으로 남자가 나갈 수 있도록 문 옆으로 비켜섰다. 찬란하고도 쓸쓸한 빛이 남자의 뒷모습을 비추었다. 그녀는 숨을 길게 뱉었다. 문밖을 나가는 일이야말로 묘책을 얻을 수 있는 최상의 방법일지도 몰랐다.

그녀는 병원을 나와 하릴없이 걸었다. 고요하게 쏟아지는 햇빛에 손차양을 만들고 고개를 떨어뜨렸다. 햇빛 속에 존재하는 누군가가 손을 내미는 것 같아 쳐다볼 수가 없었다. 발등 위로 아픈 사람들이 떠올랐다. 뇌출혈로 몸이 마비된 엄마와 퇴행성 관절염인 시아버지와 허리 협착증인 시어머니, 대사 증후군인 남편의 얼굴이 빛살을 타고 지나갔다. 저마다 어떤 치료를 받고 누가 병원비를 내고 무슨 보험금을 탔는지에 관해 말했다. 그러나 누구도 그 일에 대해서 말하지 않았다. 아픈 몸을 가졌다고 그 일에 대해 생각하지 않아도 되는 사람은 없었다. 질병과 늙음과 죽음으로부터 잃어버린 것에 대해서도 말하지 않았다. 아픈 몸들은 그것을 잃어버린 채 살아야 한다는 사실을 인정하지 못했다. 무엇보다 충분한 시간이 필요했다. 그들의 안부를 묻지 않은 날들이 제법 지나갔다.

창창한 햇볕에 그녀의 볼이 발그레 달아올랐다. 불덩이 같은 생각이 머릿속에서 나가지 못했다. 아무리 생각해도 납득이 되지 않는 일들이 그녀를 아프게 했다. 그 아픔의 증거가 도무지 익숙해지지 않는 통증이었다. 햇볕의 불씨에 두개골이 녹아 버릴 것 같았다. 불씨를 삼키면 통증이 사라질까. 통증이 사라지면 통증의 기억이 사라질까. 통증을 기억하는 존재가 사라질까. 갑자기 머리가 빙글빙글 돌아가는 기분이었다. 불행 중 다행이라는 말인가. 그런 의미였을까. 의사가 불행이 아니라고 한 것은.

건널목 앞에서 집으로 가는 버스가 지나쳐 갔다. 그녀의 입이 절로 벌어졌지만 말은 나오지 않았다. 한낮의 차들은 엔진의 열기를 뿜내며 매끈한 아스팔트 위를 내달렸다. 그녀는 미간을 펴지 못한 채 버스정류장으로 갔다. 정류장은 한산했고 타야 할 버스는 십이 분 후에 도착 예정이었다. 그녀는 마침 도착한 버스를 보고 올라탔다. 예기치 않은 일은 다반사여서 그다지 이상한 일은 아니었다. 버스의 노선을 보고 어떤 동요가 일어났을 뿐.

버스가 흔들리고 백색소음은 멈추지 않았다. 차창으로 끊임없이 이어 달리는 바깥 풍경에 눈앞이 어지럽고 멀미가 일었다. 그녀는 앉아서 잠깐 눈을 감고 있다가 어느 결에 눈을 떠 보니 그사이 승객이 제법 많이 늘어나 있었다. 정차할 때마다 사람들은 서로 자리를 양보하지 않으려고 손과 발에 힘을 주고는 했다. 그녀는 어디 즈음인가 싶어 창밖을 내다보다가 가로수를 보았다. 가지마다 빼곡하게 달린 짙푸른 잎들의 계절이었다. 나뭇잎의 그늘 사이로 햇빛이 촘촘하게 들어왔다. 거리에는 그늘 한 점 없었다. 사람들은 햇빛의 열기에 대피소라도 찾듯 저마다의 얼굴로 바삐 걸어갔다. 회색빛 건물과 거리 위로 사람들의 복닥거리는 모습이 점차 사라지더니 낮고 허름한 주택과 가림막이 세워진 건물과 좁은 골목들이 보이는 마을이 나타났다. 오래전 바다였다는 곳.

그녀는 하차 벨을 누르고 내릴 채비를 했다. 버스가 멈춰 서자 사람들이 내리는 문으로 몰려들었다. 족히 열댓 명이 넘는 사람들이 줄지어 내리는 모습에 그녀는 영문을 몰라 어리둥절했다. 서로 주고받는 가벼운 말도 없어 그들은 일행으로 보이지 않았지만 같은 방향으로 서슴없이 걸어 나가서 일행으로 보이기도 했다. 버스가 떠나고 그녀는 그들의 발뒤꿈치를 따라가 보았다. 그들이 가는 길 저편에는 금빛이 도는 커다란 건물이 자리잡고 있었다. 마을 분위기와 전혀 어울리지 않는 건물은 어떤 연수원이었다. 무심결에 하늘을 올려다보았다. 구름이 성난 파도같이 흩어져 있었다.

마을 골목으로 접어드는 길 앞에 검은색 벤츠가 세워져 있었다. 난데없이 벤츠라고 생각하는데 물방울 원피스를 입은 여자가 차에서 내렸다. 차 문이 쾅 닫히는 소리에 그녀는 소스라치듯 놀랐다. 여자는 차 주위를 슬쩍 둘러본 뒤 서둘러 길을 나섰다.

이보소.

어디선가 걸걸한 목소리가 들렸다. 여자는 뒤돌아보지 않고 걸어갔다.

벤츠!

목청이 한층 커졌다. 이윽고 여자는 걸음을 멈추고 돌아섰다.

여기 차 빼소, 퍼뜩.

그는 얼굴이 길쭉하고 체격이 장대해서 말 한 필을 연상케 했다. 여자는 날카로운 표정으로 그를 쳐다보았다.

기도만 하고 올 건데.

사정을 얘기하는 여자의 말투는 다소 신경질적이었다.

여기 사람이 사니까, 차 빼소.

그는 손사래를 치더니 벤츠 조수석 옆에 있는 낡은 새시 문을 가리켰다. 사람이 살고 있다지만 눈에 띄지 않겠다고 작정한 것처럼 어디에도 보이지 않았다.

여기 사람들 다 나간 거 아니에요? 아직도 안 나가고….

그는 미간을 찌푸리며 참, 하고 말을 끊었다.

사람 말 안 듣네. 여기 사람이 산다니까요. 아줌씨!

뭐?

그럼 뭐 할매요?

그는 눈을 부릅떴다.

당신이 뭔데 차를 빼라 마라야?

여자는 소리를 지르며 지지 않겠다는 표정으로 응수했다.

여기 이주센터 직원이요. 몰라요? 용역.

그가 여자를 빤히 쳐다보며 말했다. 여자는 입을 꾹 다물었다. 스마트키로 차 문을 열고 운전석에 오르면서 분을 못 이긴 듯 입을 열었다.

아, 바빠 죽겠는데….

남의 집 문 앞이 주차장인 줄 아나.

그는 부러 목청을 높여 말했다.

벤츠가 미끄러지듯 골목을 빠져나갔다. 그는 휘파람을 불며 더딘 걸음으로 주변을 천천히 둘러보았다. 넘을 수 없고 올라갈 수도 없는 철골 구조물이 건물 외벽마다 설치되어 있었다. 햇빛 아래서 먼지가 피어오르고 있었다.

그녀는 어디로 가야 할지 몰라 잠시 망설였다. 그러나 길을 잃었다는 생각은 들지 않았다. 어디로 가야 할지 몰랐지만 어디로든 갈 수 있다는 생각에 부근을 돌아보기로 했다. 쇠파이프와 천막으로 세워진 가림막을 지나 안전제일 표시판과 위험이라 적힌 바리게이트를 따라가니 건물의 뼈대가 보였고 허물어져 버린 속살 같은 잔해 위로 올라간 포클레인 아래 흐트러진 고철과 쌓여 있는 철근을 보고 나오자 어느 골목 앞이었다. 공사 현장에 사람이 없어 고개를 갸웃하다가 시간을 보니 점심때였다. 그녀는 두 사람이 같이 걸어가면 어깨를 부딪쳐서 한 사람이 반걸음 정도 뒤처져 가야 하는 골목으로 들어갔다. 낯설고도 익숙한 골목길에 철거라고 적힌 외벽 안에는 깨지고 부서진 집들이 있었다. 그녀가 지나가는 동안 집들이 계속 무너져 내리는 것 같았다. 오래전 그 집이 자꾸만 눈에 아른거렸다. 염탐하듯 집들을 들여다보았지만 끝내 보이지 않았다. 다리에 힘이 빠지는 듯했다. 어느 집에 내동댕이쳐진 세간을 보고 있는데 느닷없이 뒷골이 당기더니 포클레인이 두개골을 파고 들어가는 듯한 통증이 일었다. 그녀는 힘없이 비틀거리다가 가림막을 등진 채 앉아 손으로 머리를 움켜쥐었다.

머리가 아프기 시작한 것은 재판에 넘겨진 아이의 담당 교사가 무죄를 선고받았다는 사실을 알게 된 뒤였다. 금고형에서 무죄라는 엇갈린 판결을 인정하고 납득할 수 없었다. 문에 갇힌 아이에게 일어난 일을 보고도 믿지 못했고 듣고도 이해하지 못했던 그때로 돌아간 것 같았다. 현실이 아닌 현실과 감당할 수 없는 사실에 어지럼증이 나고 머리가 아팠다. 고통과 절망으로 하지 못한 말들이 검은 줄이 되어 입속에 똬리를 틀고 있었다. 무고한 죽음에 책임져야 할 사람이 없다니. 머리에 못 하나가 박혀 버린 것 같았다. 그녀는 버틸 수 없어서 두통약을 먹었다. 약 기운에 조금 나아진 것 같았지만 개운하지 않았다. 또다시 두통약을 먹어야만 했다. 이마가 빠질 것 같은 통증은 주로 새벽에 찾아왔다. 통증과의 팽팽한 대치 속에서도 어김없이 해가 뜨고 날이 밝았다. 침대 모서리에 머리를 박고 싶은 심정이었다. 죽고 사는 문제에 매달려 발을 구르는 날들이 이어졌다. 발밑이 닿지 않는 순간, 세상 저편으로 떠밀리는 기분이 들었지만 달라지는 것은 아무것도 없었다.

통증이 사라지자 그녀는 눈을 떴다. 기운이 없어 몸을 일으켜 세우는 데 힘이 들었다. 땅바닥이 빙그르르 도는 바람에 발을 헛디뎠다. 스테인리스 그릇이 나뒹굴고 고양이 사료가 사방으로 흩어졌다. 흠이 나고 찌그러진 그릇을 보고 있는데 어디선가 라면 끓이는 냄새가 났다. 그녀는 주위를 두리번거리며 숨길 수 없는 냄새를 찾았지만 눈이 멀기라도 한 것처럼 보이지 않았다. 그러다가 뜯어진 벽들 사이로 오래된 나무 문에 녹슨 창문이 열려 있는 것을 발견했다. 그녀가 창문을 향해 다가가고 있을 때였다.

보소, 거기서 뭐 하요?

골목 사이로 그가 빼꼼히 고개를 내밀자 그녀는 긴장했다. 서로 눈이 마주치자 아무 말도 하지 않고 쳐다만 보았다. 까맣고 긴 얼굴에 핏줄이 선 눈이 어딘가 모르게 선량하게 보여 그녀는 마음이 잠시 일렁였다.

다치니까 어서 나오소. 아까도 서성거리고 있더니만.

그가 어깨를 펴고 손짓했다. 그녀는 그에게서 시선을

떼지 않았다.

혹시, 나 알아요?

그가 낮고도 탁한 목소리로 알은체를 했다. 그녀는 고개를 저으며 골목을 빠져나가려고 했다. 더운 공기에 몸에서 소금기가 배여 나오는 듯했다.

혹시, 화투집 딸내미 아니요?

그의 목소리에 그녀는 발목이 붙들려 버린 것 같았다. 서늘한 기운이 뒤통수를 타고 발끝으로 내려왔다. 그가 가깝게 다가왔다. 눈 밑이 검고 광대는 푸르딩딩하며 입술은 거무튀튀했다. 그녀는 반걸음 정도 뒤로 물러섰다.

맞는 것 같은데 얼굴이….

그는 미심쩍어했지만 목소리에 확신이 묻어났다. 보는 것과 보이는 것에 대해 어떠한 확신도 갖지 못하는 그녀는 차마 아니라고 대답하지 못했다. 이십 년도 더 지난 세월이었다. 그녀를 알아본 것이 신기했다. 이름은 모르지만 얼굴은 아는 사이. 두 사람은 서로 쳐다보며 얼굴에서 드러나는 세월에 대해 이야기하는 듯했다. 그녀는 어쩌다 그만 어색한 미소를 지었다. 그에 대한 경계심이 조금 흐릿해졌다.

무슨 일로 여길 다 오고.

그는 멋쩍은지 뒷머리를 긁적였다. 그녀의 눈길이 철근과 콘크리트 잔해 위로 널브러져 있는 문짝에 닿았다.

이상한 일이기도 했다. 이 마을을 벗어난 지가 언제인데 다시 이곳에 오다니. 그 칠흑 같던 밤, 몰아치는 찬바람에 나오는 눈물을 닦으면서도 멈추지 않았던 뜀박질을 다시 해야 하는 것일까. 무슨 이유인지 그녀는 이곳에서 살았던 적이 있다고 누구에게도 말하지 않았다. 고작 두 해 남짓 살았던 곳이었다. 그날들이 가슴에 먹먹하게 남아 잊지 못하고 살았다. 힘든 일을 견디며 살아가야 할 때마다 머릿속에 막연하게 그려지는 것이 이곳의 골목이었다. 남아 있는 기억은 별로 없지만, 기억하는 일들은 어제 일처럼 선명했다. 후미진 골목과 골목으로 엮어진 마을이었고 퀴퀴하고 비린 쉰내가 끓는 골목에 따닥따닥 붙어 있는 문을 열면 방이 나오는 집이 있었다. 문간방에서 옥탑방과 지하방을 거쳐 온 쪽방이었다. 방문 앞에서 처음 했던 말이 기억났다.

신발 놓을 데가 없네.

그녀는 문지방을 밟고서 방안을 둘러보았다. 허름한 방은 좁고 어두운 데다 곰팡내가 났다. 돌아갈 길이 없는 것처럼 막막하고 답답했다. 강제이주나 다름없는 몇 번의 이사로 인해 마음속에 솟아나던 것들이 다 꺼져 버린 상태였다.

문지방 밟지 마라, 복 나간다.

나직한 목소리가 방안을 가득 메웠다. 그녀의 엄마는 방 가운데서 이마에 손을 얹고 있었다. 엄마는 복이 온다고 믿는 것일까. 그녀는 문지방을 내려오다가 엄마의 발바닥을 보았다. 허연 살갗이 보였다. 마음에 가라앉아 있던 것이 불쑥 밀고 올라와서 엄마, 하고 소리쳤다.

양말에 그게 뭐야?

엄마는 양말에 난 구멍을 보며 실실 웃었다.

이거 새로 나온 양말인데….

그 구멍으로 무언가 끝없이 빠져나갈 것 같아 그녀는 두려웠다.

아, 쫌!

그녀의 짜증 따위에 엄마는 아랑곳하지 않았다. 그러거나 말거나 덩그러니 놓여 있는 가방을 뒤적거리더니 화투를 꺼냈다. 그즈음 엄마를 설레게 하는 유일한 것이 화투장이었다. 화투점을 보고 나면 내일이 기다려지는 일말의 희망 같은 게 생긴다고 했다. 그녀는 패를 섞는 익숙한 손놀림을 쏘아보았다. 고스톱을 치는 실력과 전혀 무관한 손놀림은 화투장을 잘 간추려서 날짜 수만큼 섞었다. 바닥에 패를 뒤집고 네 장씩 네 줄을 차례대로 놓고 다섯 줄은 패를 보이도록 놓았다. 찬찬히 짝을 맞춰 올리다가 같은 종류 네 장이 모두 들어 있는 것만 골라낸 것이 엄마의 운세였다.

어디 보자, 어디 보자, 벚꽃에 홍싸리에 오동에 비라.

엄마가 점 풀이에 집중하는 순간 그녀의 입술이 삐죽 나왔다.

집을 나가면 재수가 있어서 돈이 들어오는데 손님이 온다니….

여태껏 반가운 손님이란 없었다. 문득 낯선 구둣발이 떠올라 그녀는 문을 세차게 닫았다. 낡고도 단단한 문지방이었다. 그날 엄마는 목욕탕에 갔다가 매점 관리와 청소 일을 구했다. 손님은 오지 않았다. 행여 손님이 올까 봐 그녀는 매일 문을 걸어 잠그고 문단속을 철저히 했다. 엄마가 가장 철저히 하는 일은 다른 사람에게 공짜로 화투점을 봐주지 않는다는 것이었다. 목욕탕에 온 손님에게 화투점을 봐주고 바나나 우유를 받아 오더니 다음 날에는 라면과 계란 한 판으로 이어졌다. 화투 점괘가 어느 정도 맞아떨어지는 모양이었다. 그야말로 해석하기 나름인 것이 점괘였다. 빠른 눈치, 예민한 촉, 찰진 말발, 뻔뻔한 얼굴. 이것이 엄마 나름대로의 수완이었다. 화투점은 곧 입소문이 났고 엄마는 더 넓은 목욕탕으로 옮겼다. 매점 운영에 영향을 준다는 이유로 하루 10명만 선불 예약을 받았다. 예약자들 덕분에 그녀의 용돈은 넉넉해졌다. 조다쉬 청바지에 나이키 운동화를 신고 블루종을 걸치고서 시내를 돌아다녔다. 그러다 골목길에 들어오면 이유 없이 우울하고 마음이 허허로워 괜히 짜증이 났다. 엄마와 말을 섞었다 하면 싸움으로 이어졌고 문을 세게 닫고 나오기 일쑤였다. 골목 끝을 향해 달려가면 그가 서 있기도 했다. 그는 푸르죽죽한 민소매에 야자수 바지를 입고 소주가 든 봉지를 손에 걸고 있었다. 골목의 터줏대감인 곱사등이 할머니는 그의 아버지가 노가다 십장으로 술병을 끼고 사는데 아들이 효자라고 했다. 수은등 불빛이 내리는 골목의 공용화장실 앞으로 노란 은행잎이 굴러다니던 그해 가을, 그녀는 열여섯이었다.

다음에는 못 올 것 같아서….

스스럼없이 말이 나왔다. 그녀는 갑자기 철부지가 된 것 같았다.

그렇지. 마을이 사라질 테니까….

그는 한 손으로 머리칼을 정리하며 고개를 주억거렸다. 흐린 말끝에 잠시 정적이 흘렀다.

밥은 먹었나?

그가 대뜸 물었다. 순간 뭉클한 감정이 약 기운처럼 온몸에 퍼져나갔다. 사소한 말 한마디를 견디지 못하고 움츠러들다니. 그녀는 이내 집으로 돌아가고 싶어졌다.

됐어요.

한 끼도 못 먹은 얼굴을 해서는.

괜찮아요.

그녀는 눈썹을 찡그리며 싫은 내색을 했다.

쯧. 따라와. 퍼뜩.

그의 단호한 태도에 그녀는 어떻게 해야 할지 판단이 서질 않았다.

그는 검은 손등과 흰 손바닥을 내보이며 도로 쪽으로 나갔다. 도로가에 늘어선 낡은 건물과 텅 빈 점포들은 쇠파이프 지지대에 매달려 간신히 버티고 있는 듯했다. 도로에는 차들이 제 속도를 자랑하며 달렸다. 그는 댓 걸음 정도 앞서 걸었다. 이따금 그녀가 따라오고 있는지 뒤를 돌아보며 손짓했다. 그녀는 멈칫멈칫하다가 어쩌지 못하고 그를 따라갔다.

이제 식당도 여기밖에 없어.

그는 삐딱하게 열린 새시 문에 늘어진 구슬발을 가르고 들어갔다. 선반과 장식장에는 오래된 흔적들이 제자리를 지키고 있었다. 점심때가 지나서인지 손님이 없었다. TV 앞에서 뉴스를 보고 있던 아줌마가 두건을 고쳐 쓰고 주방으로 갔다. 머리를 하나로 질끈 묶은 언니가 다리를 절며 냉장고에서 엽차를 꺼냈다. 그는 계산대 쪽으로 나 있는 테이블에 앉자마자 짬뽕을 주문했다. 언니는 눈짓으로 그에게 누구인지 물었다.

한 골목에 살던 딸내미.

언니는 고개를 갸웃하며 멀뚱하게 서 있는 그녀를 새침하게 보았다. 그녀는 한 골목에 칸칸이 들어가 살던 알코올 중독자, 꼽추, 막노동꾼, 술집 여자, 빚쟁이 등을 떠올리다가 오래전 버스정류장에서 본 언니의 모습을 기억했다. 치마 정장에 구두를 신고 가방을 든 언니의 옷자락에서 가장 빛났던 것은 은행 배지였다. 중국집 사장이 여상을 졸업하고 은행에 취업한 딸을 자랑하면서 군만두를 서비스로 돌린 덕분에 마을에서 언니를 모르는 사람은 없었다.

그래? 아직 안 무너지니까 앉아요. 주문은?

잠깐 골몰하던 언니가 물었다.

그냥, 같은 거로 할게요.

그녀는 언니를 슬쩍 보며 대답했다. 언니의 걸음에 마음이 쓰였지만 내색할 수는 없었다.

아, 땡초 알지?

그가 주방으로 가려는 언니의 등짝에 대고 무심하게 말했다. 언니는 절룩거리는 걸음을 옮기다 말고 갑자기 뒤돌아섰다.

몰라. 땡초 값도 안 주면서.

달라고 해야 주지.

치사하게. 알아서 챙겨 줘야지.

치사 빤스다.

그녀는 두 사람을 지그시 바라보며 설명되지 않는 관계에 대해 생각했다. 퉁명스러운 말투와 무뚝뚝한 어조로 투덜거리면서도 두 사람 사이에는 불편한 기색이 없었고 오고가는 눈길이 서로의 감정을 도닥거려 주는 듯했다.

참, 이번 주에 문 닫기로 했다. 이제 마을을 쓸어내는 일만 남은 것 같아서.

사장님이 어려운 결정 하셨네.

아버지가 소주 두 병을 비우더라고. 중국집 일을 50년이나 했는데도 마음이 좀 그런가 봐. 그만두고 싶은 게 아니라 내몰리는 일이니까.

언니는 숨을 길게 내쉬었다.

짐은 다 쌌고?

그가 나지막하게 말했다.

아직. 삼십 년을 넘게 살아서 그런지 짐이 끝도 없네. 장롱 속을 파먹고 살아도 될 것 같아.

언니의 허탈한 웃음이 퍼져나갔다.

짐 싸는 게… 힘든 일이더라고요.

그와 언니의 시선이 그녀에게 닿았다.

물건을 볼 때마다 자꾸만 생각이 나서.

그녀가 무심한 표정으로 탁자를 내려보며 말했다. 아이 물건을 보면서 우두커니 앉아 있던 시간이 떠올랐다.

맞아. 그래서 짐 싸는 시간이 더 오래 걸려.

언니가 고개를 끄덕이자 그녀는 가슴이 먹먹해지는 것 같았다. 모두가 말이 없는 가운데 TV 소리만 들렸다. 때이른 더위에 미세먼지와 자외선 지수가 비상이라는 소식이었다.

해는 좋은데 너무 뜨겁단 말이야.

그는 손바닥으로 굵은 팔뚝을 쓸어내렸다.

해는 빛이니까.

그녀는 읊조리다 선연한 빛에 이끌리듯 식당 중앙에 놓인 연탄난로를 보았다. 연탄난로 옆의 철통에는 연탄집게가 있었다. 십 년도 더 넘은 난로라고 언니가 말했다. 연탄 냄새가 싫지만 불경기에 어쩔 수가 없었다고. 여름에 연탄을 사 놓으면 냄새가 덜하고 잘 안 꺼지는데 이제 그럴 필요가 없다며 공허하게 웃었다. 이어서 그가 연탄불에 쫀디기, 똥과자 먹던 시절을 얘기하자 언니는 기억이 맞고 틀린 것에 대해 운운했다. 옥신각신 투닥거리는 모습을 보다가 그녀는 구슬발 사이로 들어오는 빛에 눈길을 주었다. 그녀가 연탄불에 자주 올린 것은 김치 국밥이었다. 엄마 없이 혼자서 해먹을 수 있었던 유일한 것이었다. 뭉근하게 끓인 김치 국밥을 먹고 잠이 든 어느 새벽, 잠결에 엄마가 들어오고 다시 나가는 소리를 들었다. 화장실에 가지 싶었는데 한참이 지나도 엄마는 돌아오지 않았다. 엄마를 찾아 나서기 위해 그녀가 일어나려고 했다. 그런데 아무리 해도 몸이 말을 듣지 않았다. 물 먹은 솜처럼 몸이 무거워 꼼짝하지 않았다. 가까스로 몸을 일으켰지만 문을 열 수가 없었다. 그녀는 무서워서 엄마를 불렀다. 아무리 불러도 목소리가 나오지 않았다. 혼자 갖은 애를 쓰다가 정신을 잃었다.

아직도 지긋지긋하다. 새벽에 일어나서 연탄 갈고 불 피우고 재 치우고.

그가 고개를 내젓다가 멈추더니 넌지시 그녀를 보았다.

기억하나?

그의 눈빛이 제법 아련했다.

네, 기억해요.

그녀는 살며시 고개를 끄덕였다. 기억이 투명하게 부풀어 올랐다.

그 새벽, 그녀를 발견한 것은 그였다. 연탄불이 꺼져 골목에서 번개탄을 피우던 그는 문밖으로 축 늘어진 하얀 팔을 보았다. 깜짝 놀라서 문을 열어보니 그녀였고 연탄가스 냄새가 났다. 그는 골목으로 그녀를 데리고 나와서 살얼음이 떠 있는 동치미 국물을 한 사발 퍼먹였다. 서서히 정신이 들자 그녀가 눈을 떴다. 그녀는 애타는 눈빛으로 바라보는 그에게 엄마를 찾아 달라고 했다. 그러나 그는 엄마를 찾을 재간이 없었다. 밤이 되어서야 엄마는 희멀건 얼굴을 하고 집으로 돌아왔다. 그녀가 행방을 묻자 엄마는 벙어리처럼 가만히 있다가 손님이 와서 멀리 보내주고 왔다고 말했다. 한참이 지나서야 빚더미에 눌려 객사한 아버지의 신원을 확인하고 장례까지 치르고 왔다는 사실을 알게 되었다. 그 뒤로 엄마가 뜬금없이 하는 말이 생겨났다. 낙이 없네, 낙이. 엄마의 가장 슬픈 말이었다.

그때 동치미가 이 집 손맛이야. 이제 그런 맛은 못 보겠지만.

그는 강조하듯 손가락으로 주방 쪽을 가리키며 말했다. 알지 못했던 사실에 그녀의 몸속에서 둥근 숨이 올라왔다. 제각기 다른 사람들의 삶이 경이로울 정도로 잘 엮어져 있는 것 같아 엉켜 있던 마음이 조금 풀리는 것 같았다.

짬뽕은 오징어, 새우, 홍합, 양배추, 숙주, 고추까지 푸짐하게 얹어져 나왔다. 그는 젓가락 짝을 맞추며 덤벼들기 바빴고 그녀는 조금 의아한 표정을 지었다. 짬뽕은 짬뽕인데 여느 짬뽕과 다른 하얗고 뽀얀 국물이었다. 언니가 나가사키 짬뽕을 사람들 입맛에 맞춘 거라고 귀띔했다.

해장으로 이만한 게 없지.

그는 목을 구부리고 면발을 끌어당겨서 입속으로 후

루룩 집어넣고 씹었다. 누군가와 마주 앉아 식사하는 것이 실로 오랜만이었다. 그녀가 첫술을 뜨자 얼큰하고 진한 해물 냄새가 코로 밀려왔다. 감칠맛 나는 국물이 식도를 타고 내려가자 없던 허기가 지기 시작했다. 칼칼하고 얼큰한 맛이 수저질을 부추겼다. 그녀가 먹는 일에 집중하며 숨을 쉬는 동안 TV는 쉬지 않고 뉴스를 전하고 있었다. 자꾸만 당기는 매운맛에 그의 이마와 목덜미 뒤에서 땀이 흘렀다. 그녀가 콧잔등에 맺힌 땀을 조용히 닦고 있을 때였다. TV에서 아동을 질식사시킨 보육교사는 유족에게 4억을 배상하라는 판결이 내려진 뉴스가 나왔다. 그녀가 젓가락으로 건져 올린 면발이 주르륵 흘러내렸다. 그녀의 숨이 편하지 않았다.

돈으로 해결될 일이 아닌데….

언니가 탁자 위에 물수건 두 개를 얹어 놓았다.

쯧. 죽은 애만 제일 불쌍하지.

그가 물수건으로 땀을 닦으며 말했다. 뉴스는 또 다른 뉴스를 전했다. 어느새 차오른 눈물은 그녀의 볼을 타고 흘러서 입안으로 들어갔다. 선반에 쌓아 놓은 찻잔이 무너지듯 눈물이 쏟아지자 그가 불안한 눈빛으로 바라보았다.

너무 매워서… 참을 수가 없어요.

그녀는 손으로 눈물을 닦아내며 말했다. 얼굴을 그릇에 파묻듯 숙였다. 자꾸만 입안에 고이던 눈물이 짬뽕 국물에 뚝 떨어졌다. 그녀는 순간 가슴이 미어지더니 목구멍에 갇혀 있던 뜨거운 울음이 터져 나왔다. 뜻밖의 일에 식당 안의 시선이 그녀에게 모였다. 견딜 수 없이 무거운 울음이 쏟아졌다. 그녀가 입을 틀어막았지만 소용이 없었다. 손으로 얼굴을 가린 채 어깨를 들썩이며 엉엉 울었다. 그제야 울음보가 터진 것이었다. 아이의 장례를 치르는 동안 정신을 잃고 쓰러져 버렸고 삼우제를 지낼 때는 넋이 나가버려 울음을 토해내지 못했던 그녀였다. 그는 난처한 표정으로 언니를 보았고 언니는 초연한 얼굴로 그녀를 바라보았다.

괜찮다. 울어도 된다. 실컷 울어야 살지.

언니는 그녀의 등을 쓸어내리며 어루만져 주었다. 그 손바닥의 온기에 그녀의 몸속 깊숙이 쌓여 있던 소금 같은 것들이 녹아내리는 듯했다. 바닷물이 들이치듯 짜디짠 냄새가 퍼져나가는 것 같았다. 누구도 그녀가 우는 이유를 묻지 않았다. 어떤 말도 하지 않고 그저 가만히 우는 소리를 들었다. 오래도록 울음의 무늬가 몸에 새겨지는 듯했다.

그녀는 문득 울음을 그치고 자리에서 일어나 화장실로 갔다. 문이 열리고 변기를 보자마자 먹은 것을 토해냈다. 흐르는 물에 입안을 헹구고 세수했다. 물방울이 맺힌 얼굴 옆으로 창문이 열려 있었다. 창문 밖으로 어느 집 대문에 걸린 조등(弔燈)을 보았다. 그녀는 조등을 하염없이 바라보다가 손을 뻗었다. 한 줄기 바람이 손끝을 스쳐 지나갔다. 손끝으로 기묘한 무게와 온도가 전해졌다. 가벼운 입맞춤 같은 감각이었다.

아….

저도 모르게 탄식이 나왔다. 아이를 품에 안고 있을 때 느낄 수 있는 그것이었다. 그녀는 가슴이 두근거렸다. 조등이 눈앞에서 흔들렸다. 그녀는 닫힌 문을 열고 밖으로 나왔다. 햇빛을 머리에 지고 걸어온 길은 어느새 어스름이 무성한 길로 되어 있었다. 귀퉁이마다 이어진 길은 붉은 해가 넘어간 서쪽으로 향했다. 어두운 길을 비추는 빛을 따라 걸었다. 걸음의 끝자락이 어딘지 알 수 없었다. 그저 누군가를 위해 밝히고 있는 조등을 향해 묵묵하게 걸어갈 뿐이었다.

조등이 걸린 문 앞에 다다르자 걸음을 멈추었다. 그녀는 고요히 길을 비추는 조등과 마주했다. 그녀의 움푹 팬

눈 밑에 그늘이 짙게 드리워졌다. 바람에 흔들리는 조등 너머 어디선가 곡소리가 들려왔다. 그녀는 무언가에 홀린 듯한 눈빛으로 열린 문을 향해 천천히 나아갔다. 마당 한가운데에 장작불이 피어오르고 가장자리에는 천막이 세워져 있었다. 밤은 깊어 가는데 마당 안은 대낮같이 밝았다. 묵은 막걸리 냄새와 기름진 음식 냄새가 마당을 가득 채우고 사람들은 모여 앉아 술잔을 기울였다. 한쪽에는 어김없이 왁자지껄한 화투판이 벌어졌다. 떠들썩한 조문객의 발길에 상제들은 슬퍼할 여유가 없어 보였지만 곡을 멈추지 않았다. 아이고, 아이고, 아이고, 아이고….

그녀는 향내가 나는 빈소로 가서 신발을 벗었다. 왼손을 위로 포개어 절을 두 번 하고 예의를 다했다. 고인을 놓지 못하는 애통한 소리가 귓가를 휘감았다. 그녀는 빈소를 나와 마당에서 고인의 영정을 올려다보았다. 한 폭의 빛이 펼쳐진 곳에 환하게 웃고 있는 아이가 있었다. 매일 보고 싶고 끌어안고 싶던 아이였다. 견딜 수 없는 그리움이 밀물처럼 밀려와 온몸이 부들부들 떨렸다. 금방이라도 엄마라고 부르며 달려올 것만 같아 가슴이 뛰었다. 그 순간 가슴 깊은 곳에서 어떤 기운이 솟구쳐 올랐다. 그녀는 아이를 향해 날갯짓하듯 두 팔을 벌리고 내

달리더니 하늘로 향해 뛰어올랐다. 환한 불빛 아래서 장단이라도 맞추듯 너울대는 바람을 따라 그녀는 아이의 달큼한 살결을 매만지듯 손짓하며 조심스레 발짓을 곁들였다. 그 어떤 흐름도 거스르지 않고 휘어질 듯 미끈한 몸짓이 이어졌다. 그녀의 숨결을 타고 흐르는 몸짓에 옷자락이 휘날리고 슬픔과 고통이 신명나게 넘나들었다. 저린 가슴을 내려놓지 못해 거친 숨이 나돌고 불빛에 눈물이 반짝였다. 이마에 맺힌 땀이 목선을 따라 미끄러지듯 흘렀다. 말간 얼굴에 흐르는 땀방울이 발끝으로 떨어졌다. 슬프고도 아름다운 몸짓에 향기로운 바람 한 줄기가 불어왔다. 그녀는 살며시 미소를 지었다. 바람이 하늘 위로 오르는 것을 오래도록 지켜보았다.

에버그린의 방향

차를 바꾸자고 한 뒤로 준호는 틈만 나면 중형 차량의 내부 사양을 살펴보았다. 양이온과 음이온을 방출하여 자동차 안의 곰팡이 세균을 억제하는 클러스터 이온 발생기를 보고 있을 때였다.

이번 주 금요일인 거 알죠?

현주는 뭔가 불만스러웠다. 가타부타 말이 없는 준호가 답답해서였다. 거실에 놔둔 공기청정기의 가벼운 바람 소리만 공허하게 들렸다. 준호는 소파에 파묻혀 스마트폰을 보고 있었다.

여보!

심상찮은 목소리가 뿜어져 나왔다. 그제야 준호는 무신경한 감각기관의 전원이 켜진 듯 스마트폰을 가만히 내렸다.

왜?

한 박자 늦고도 음절을 길게 늘여서 말했다.

회사에 말했어요?

현주가 촉각을 곤두세웠다. 준호는 슬그머니 시선을 돌렸다. 회계 법인에서 일하는 준호는 감사 팀으로 옮겨 새 프로젝트를 진행하느라 정신이 없었다. 그러나 회사에 말 못한 이유를 설명하면 꼬투리를 잡을 게 분명했다. 현주는 요즘 부쩍 신경이 예민해져 있었다.

왜 휴가를 못 쓰고 그래요? 햇빛 알레르기라도 오면 큰 일이라고요.

얼굴에서 열감이 느껴지자 현주는 더욱 울상을 지었다. 볼에 올라온 오돌토돌한 뾰루지가 상기되어 얼굴이 불긋불긋했다. 면역계에 이상이 생겨서 발생하는 알레르기성 피부 질환이었다. 의료용 마스크와 장갑을 착용한 의사는 환경오염과 기후변화로 인해 각종 알레르기 증상이 늘어나는 추세라고 했다. 하얀 마스크 뒤에서 환경과 기후라는 단어가 붕괴되고 있는 것 같았다. 스마트폰에서 초미세먼지 경보가 연일 울리는 날들이었다. 눈에 보이지 않는 모든 대상을 경계하는 데 신경을 기울여야만 했다. 현주는 손 소독과 마스크를 하고 병원을 나왔다. 증상과 진단에 대한 이야기를 들은 준호는 잘못한 것이 있는 것처럼 오금이 저렸다. 미세먼지 때문에 이민을 간다는 말도 더는 가볍게 들리지 않았다.

준호는 현주의 둥근 이마를 보았다. 하얗고 깨끗한 피부라는 것을 증명하는 건 이마뿐이었다. 연차에 대해 말하려는데 갑자기 사래가 걸렸다. 연이어 기침하자 현주는 고개를 돌리며 한숨을 쉬었다. 며칠째 기침이 끊이지 않아 병원에 가 보라고 했지만 준호는 알았다고만 할 뿐이었다. 준호가 여전히 담배를 피우고 있다는 사실을 현주는 모르지 않았다. 새해에 금연을 다짐하면서 준호는 삶의 분노를 완화시켜 주는 유일한 것이 담배라고 했다. 실현 가능성이 희박한 다짐이었다.

정말, 수아한테 옮기면 어떡하려고 그래요?

현주가 신경질적으로 쏘아붙였다. 기관지가 약한 수아는 자주 편도가 붓고 가래가 생겼다. 준호는 인상을 쓰며 입을 열었다.

안 가. 기침 좀 한다고 폐병 환자 취급하는데 어떻게 가.

현주는 이내 준호를 타일러야겠다고 생각했다.

취급이라니요. 우리 여보가 걱정되니까 그렇죠. 내 마음 좀 편하게 해줘요. 병원도 가고 휴가도 내고. 안 그럼, 난 지구를 떠날 거야.

현주의 애교 섞인 말투에 준호는 조금 누그러진 듯했다.

기다려. NASA에 연락해서 일인용 유인 우주선을 만들라고 할 테니까.

현주는 헛웃음을 터트렸다. 준호의 입가도 실룩거렸다. 다음 날 준호는 병원에서 기관지가 부어올랐다고 하더라며 두툼한 약봉지를 내밀었다.

그러니까 에버그린에 가야 한다고요.

현주의 단호한 어투에 준호는 떨떠름한 표정을 지었다.

일 년에 딱 한 번이잖아요.

현주는 한쪽 눈을 찡긋했다.

그날 아침 현주는 창문을 밀어내듯 쏟아지는 햇빛을 보며 대기오염 정보를 확인했다. 미세먼지와 초미세먼지, 오존, 자외선, 황사가 보통 수준이었다. 대체로 양호한 상태라 다행이었다. 거실에 공기청정기를 켜고 현관문을 열었다. 문 앞에는 어제 주문해 놓은 유기농 식자재가 배송되어 있었다. 싱크대 개수대에서 파프리카, 당근, 양파를 깨끗이 씻고 전동 멀티 다지기로 채소를 밥알 크기만큼 다졌다. 예열해 놓은 팬에 올리브 오일을 두르고 다진 채소를 볶으면서 유기농 토마토소스를 조금씩 넣어 휘저었다. 함초 소금으로 간을 하고 파슬리로 향을 내면서 소스를 식혔다. 취사 예약해 놓은 밥솥에는 백미가 적당히 식어 있었다. 커다란 볼에 밥을 퍼 담고 소스를 넣어 비볐다. 한입 크기로 뭉친 밥 안에 모짜렐라 치즈를 쏙 집어넣었다. 동글한 밥에 밀가루, 계란, 빵가루를 차례로 묻혀서 에어프라이어에 넣었다. 180도에 맞추고 10분간 돌리자 노릇노릇한 아란치니가 완성되었다. 타원형의 파스타 볼에 아란치니를 담아내고 파마산 치즈 가루와 파슬리를 살짝 뿌렸다. 현주는 스냅샷을 찍고 만족스러운 듯 미소를 지었다. 입안에 아란치니를 넣고 참치캔을 땄다. 맛있어서 절로 고개를 끄덕였다. 참치와 마요네즈를 버무리고 단무지를 꺼냈다. 참치마요김밥을 둘둘 말았다. 김밥을 썰고 통깨를 뿌리고 있을 때 방문이 열렸다. 준호가 까치머리를 한 채 나왔다. 방 안에서 수아의 칭얼거리는 소리가 들렸다.

어서 씻고 아침 먹어요.

현주의 손놀림이 바빠졌다. 수아를 씻기고 입히고 먹여야 했다. 아침에 인내심의 한계가 오면 억장이 무너지는 기분이었다. 언제부터인가 인내심을 극복하는 것이 일생의 과제가 되었다. 어떻게든 기운을 내야 했다. 자동세척을 해 놓은 커피머신에 눈길이 갔다. 캡슐을 넣자 향긋한 커피 향이 퍼져 나왔다. 한결 기분이 나아졌다.

현주가 수아의 머리를 땋는 동안 준호는 수아에게 아란치니와 김밥을 번갈아 먹였다. 수아는 입을 오물거리면서 앞뒤가 안 맞는 말을 했다. 쏟아지는 얘기가 어지러워 준호는 부지런히 씹으라고 재촉했다. 현주는 키위와 바나나를 자르고 약병에 케첩을 담았다. 도시락과 오가닉 주스를 비롯해 필요한 물품을 챙겨서 배낭에 넣었다. 수아는 노란 체육복을 입고 현관 거울 앞에 서 있었다.

아빠, 오늘 미세먼지는 무슨 색이야?

준호가 운동화를 신으면서 초록색이라고 답했다.

엄마, 초록색이니까 마스크 안 껴도 되지?

현주가 고개를 끄덕이자 수아는 콩콩 뛰었다.

수아 잘 챙기고요. 잘 다녀와요.

말끝에 웃음이 났다. 준호가 고개를 끄덕이고 현관문을 열었다. 수아가 손을 흔들자 현주는 손 키스를 보냈다. 현관문이 닫히자 현주는 홀가분한 기분이 들었다. 거울에 얼굴을 비추었다. 오돌토돌한 살갗의 붉은 기가 가라앉아 있었다. 분주한 아침이었다는 것을 증명하듯 싱크대에는 그릇과 식자재들이 어질러져 있고 개수대에는 설거짓거리가 쌓여 있었다. 주방을 정리하는 일을 앞두고 현주는 이상하게 짜증이 솟구치지 않았다. 주방용품을 소독하기 위해 전해수기의 전원을 켜고 개수대로 가서 수도꼭지를 틀었다. 세차게 쏟아지는 물소리에 기운이 났다.

엄마 기분이 좋은 것 같아.

아파트 입구로 나오면서 수아가 말했다.

수아도 기분이 좋아?

준호가 수아와 잡은 손을 흔들었다.

엄마가 아파서 그런 거니까 괜찮아.

두 갈래로 땋은 머리가 달랑거렸다. 말투에 서운한 기색이 느껴져 준호는 수아를 슬쩍 보았다. 수아는 아무렇지 않다는 듯 뚜벅뚜벅 걸어 나갔다. 아파트에서 벗어나 주택가로 접어들었다. 살갑게 붙어 있는 주택가의 담장이 서로 어깨를 맞대듯 어울려 있었다. 이층 주택 난간에 놓인 크고 작은 화분들이 환했다. 준호는 걸을수록 굽어진 어깨와 등이 펴지는 것 같았다. 책상에 놓인 두 대의 모니터와 수십 장의 서류를 보느라 어깨가 결리고 목이 뻐근해도 주무르지 못하고 지나치기 일쑤였다. 함부로 지나치면 안 될 정도로 눈부신 계절이었다. 몸이 가볍고 입안이 달콤하게 느껴졌다. 무작정 어디론가 떠나고 싶은 충동마저 일었다.

아빠, 나 잘 돌볼 수 있어?

수아가 대뜸 물었다.

그럼, 잘할 수 있지.

준호는 호기롭게 대답했다.

그런데 아빠는 날 잘 모르잖아.

수아는 조금 시무룩해져 있었다.

왜 몰라? 아빠 딸인데.

아빠, 내가 아빠 딸이라고 해서 내 마음을 잘 안다고 생각하지 마.

수아가 준호의 손을 슬며시 빼고 총총 걸어 나갔다. 준호는 순간 숨이 턱 막혔다. 무슨 말인가 생각하는 사이에 불쑥 무거운 감정이 깊숙하게 들어왔다. 굳은 표정이 좀체 풀리지 않았다. 아이의 말을 감당해야 하는 것이 버겁게 느껴졌다. 좀 전까지 무릎에 앉혀 입을 맞추던 아이가 맞는지 의심이 들었다. 준호는 수아의 갈래머리를 노려보았다. 지그재그로 모양을 가른 뒷머리에 쌍가마가 있었다. 이런 것까지 닮는다니. 자랄수록 어떤 점을 더 닮아갈지 짐작할 수 없었다. 불현듯 아이보다도 자신을 모른다는 생각이 들었다. 활시위가 준호를 향해 당겨지자 두려움에 휩싸여 어쩔 줄 몰랐다. 그때였다. 날카로운 클랙슨 소리가 귀를 잡아당겼다. 뒤돌아보니, 노인은 폐지를 쌓아 올린 손수레를 끌고 있고 그 뒤로 검은색 수입차가 슬금슬금 쫓아오고 있었다. 걸음을 떼는 노인은 위태로웠고 매너 없는 검은 차량은 위협적이었다. 불끈 화가 치솟아 오르는 것도 잠시 준호는 순간적으로 수아를 번쩍 안아 들었다. 수아는 유일하게 안전한 곳을 아는 듯 두 팔로 준호를 끌어안았다. 노인의 손수레가 귀퉁이로 비켜서자 검은 차량은 손수레를 아슬아슬하게 제치고 지나가더니 속력을 내며 달렸다. 노인은 바싹 마른 잎처럼 가녀린 몸피를 웅크렸다. 준호는 수아의 등을 토닥이면서 자신을 감싸고 있는 감정의 혼돈 속에서도 본능적으로 몸이 반응한다는 것을 깨달았다. 노인은 겨우 몸을 펴고는 빨간 목장갑을 낀 손으로 맹물을 들이켰다. 투명한 물속에서 노인의 비애가 일렁였다. 소매 위에 덧낀 토시로 입가를 닦아낸 노인은 다시 손수레를 손에 쥐었다. 준호는 느린 걸음으로 폐지 더미를 끌고 가는 모습에 사로잡혀 우두커니 서 있었다.

저마다 노란 체육복을 입은 아이들이 부모의 손을 잡고 에버그린으로 향했다. 익숙한 길목이 나오자 수아는 거침없이 발을 내디뎠다. 어쩌다 이국적인 외모를 가진 부모와 아이도 보였다. 에버그린으로 들어가자 관목과 수풀이 우거진 숲길이 펼쳐졌다. 관목은 제 키를 자랑하듯 우뚝 솟아 있고 풍성한 나뭇잎은 바람에 초록 물결로 일렁였다. 갈라지고 뒤틀린 무늬를 품고 있는 나무 사이로 세간을 꾸리고 있는 꽃들은 저만의 색감으로 자태를 뽐냈다. 이어 달리듯 돋아난 풀들은 그간 쌓은 공력을 보여주듯 허리를 꼿꼿이 세우고 있었다. 무성한 초록이 뿜어내는 산소의 밀도에 답답한 마음이 걷히는 것 같았다. 오천여 평의 동산에서 맑은 공기를 마시며 텃밭에 채소를 가꾸고 유기농 먹거리를 먹으며 마음껏 뛰어놀 수 있는 에버그린. 현주는 당첨 소식에 환호를 지르며 눈물까지 흘렸다. 준호는 유치원으로 무슨 유난이냐며 별 악의 없이 말했다. 현주는 준호를 빤히 쳐다보며 그냥 유치원이 아니라 에버그린이라고 했다. 수아야, 엄마도 에버그린에 가고 싶은데 어떡하지? 엄마는 몇 살이야? 현주는 왜 나이가 궁금한지 물었다. 다섯 살이 되면 갈 수 있으니까. 현주는 에버그린에 가지 못해 울상을 지었다. 준호는 싱긋이 웃기만 했다. 엄마, 마음대로 안 되는 게 있어도 참아야 하는 거예요. 알겠죠? 현주는 두 팔을 벌려 수아를 꽉 껴안았다. 수아는 숨 막힌다고 하면서 준호를 향해 손을 뻗었다. 준호는 다가가서 두 사람을 품에 안았다. 더할 나위 없는 여운이 마음속 빈자리에 채워지는 것을 가만히 느끼고 있었다. 마음이 비워졌다가 채워졌다가 하는 것이 어쩌면 가족일 수도 있겠다고 생각했다. 에버그린 대잔치라는 현수막을 지나 숲길로 가는 동안 수아는 텃밭에 심은 씨앗이 자랐다며 상추, 가지, 고추 등을 자랑했다. 수아의 신난 목소리에 준호는 관심 없던 식물의 모습이 눈에 들어왔다.

아빠는 다섯 살에 뭐 했어?

투명하고 환한 봄 햇살에 수아의 살결이 빛났다.

놀았지.

어디서? 유치원? 키즈 카페?

수아의 말똥말똥한 눈망울 앞에서 준호는 조선 시대 사람이라도 된 것 같은 낡은 기분이 들었다. 시야에 넓은 잔디밭이 들어오자 수아가 손을 놓고 뛰어갔다. 뛰고 구르고 넘어지는 아이들의 노란 체육복에 잔디가 묻어났다. 눈앞에 드문드문 잡풀이 돋은 텃밭이 그려지자 깊숙이 가라앉아 있던 기억이 떠올랐다. 도심 변두리에서 고단한 비탈길과 구부러진 골목길이 높이 쌓인 산동네. 폐타이어를 올려놓은 단층 슬레이트집이 빼곡하게 들어선 동네에는 살길이 희뿌연 사람들이 모여 살았다. 누군가에게 얻은 운동화를 신고 어린 준호는 동네를 누볐다. 흙과 모래알이 운동화 안으로 들어와 맨발로 흙길을 밟고 다니는 기분이었다. 작은 텃밭을 지나다니면서 버르적거리는 지렁이를 보고 빨빨거리는 개미를 쫓으며 늦게까지 돌아다녔다. 짓궂은 동네 아이들과 어울리는 것보다 혼자 노는 게 편했다. 동네를 헤매다가 찾아간 곳이 뒷산 소나무 숲이었다. 우거진 나무 사이를 돌아다니다 보면 심심하고 쓸쓸한 마음이 잠잠해지다가도 숲에 버려진 것 같은 불안한 마음이 들기도 했다. 스스로 마음을 달래는 것이 어려운 나이였다. 무성한 나무와 바위와 풀과 꽃이 제일 친한 친구였지만 언제든 떠나고 싶은 친구이기도 해서 잊지 못할 기억은 없었다. 노을로 물드는 하늘을 바라보며 고깃배를 타고 나가서 돌아오지 않는 아버지의 이름을 되새겼다. 입술을 맴도는 이름에서 그리움이 하염없이 쌓여갔다. 적막한 숲에 어둠이 내리면 어수선한 마음을 감당하기 힘들어 동네 어귀로 뛰어갔다. 고무 공장에서 일을 마친 어머니를 맞이하러 가는 길은 눈감고 도 알 수 있었다.

동산 위로 오월의 빛살이 와르르 쏟아져 내렸다. 아이와 부모가 반별로 모여들었다. 준호는 수아의 손을 잡고 파랑반으로 갔다. 담당 교사가 준 이름표를 가슴에 달고 두 줄 기차로 서 있었다. 서로 아는 엄마끼리 주고받는 말이 귓가에 들려왔다. 점점 독해지는 미세먼지와 아토피 증후와 유기농 식품에 대해 목소리를 높이더니 동산이 원장 사유지라서 안심이 된다고 입을 모았다. 준호는 멀거니 동산을 바라보며 밖에서 마음대로 뛰어놀지 못하는 아이에 대해 생각했다.

어머, 안녕하세요? 수아 아빠시구나. 우리 애가 수아 얘기를 많이 해서요. 수아가 아빠를 닮았네요.

흰색 캡 모자를 쓴 여자가 준호와 수아를 번갈아 쳐다보며 아는 체를 했다. 여자는 정해인이라는 이름표를 붙이고 있었다.

아, 네. 안녕하세요.

준호는 얼떨결에 인사하면서 아이가 무슨 얘기를 한다는 건지 궁금했다. 수아가 자신을 닮아서 예쁘다는 말을 안 해서 못내 서운했다. 여자는 돌고래 소리를 지르며 뛰어다니는 아이에게 정해인 하고 부르면서 걸음을 옮겼다.

수아야, 해인이랑 친해?

아니, 장난꾸러기야.

수아는 가늘게 눈을 뜨고서 새침한 표정을 지었다. 준호의 얼굴에 쓴웃음이 번져나갔다.

아름다운 에버그린으로 시작하는 원장의 인사말이 끝나고 다 함께 가벼운 체조를 한 뒤 동산으로 올라갔다. 유아 숲 지도사 자격증이 있다는 교사의 인솔 아래 잘 다듬어진 오솔길을 걸었다. 수아는 달큰한 숨을 내쉬었다. 지친 기색은 보이지 않았다. 발을 헛디뎌 넘어져도 울지 않고 툭툭 털고 일어났다. 두충나무 껍질, 벌레 껍질, 식물 뿌리, 야생 버섯, 벌레 먹은 열매를 보는 수아의 눈망울이 똘망똘망했다. 자연물을 찾는 놀이에 아이들은 솔방울, 도토리, 작은 씨앗을 줍느라 여념 없었다. 수아는 많이 줍지 못했다며 속상해했다. 준호가 주머니 속에서 한 움큼을 꺼내 보여주었다. 수아는 머리 위로 엄지 두 개를 치켜들고 해맑게 웃었다.

아빠, 다람쥐 갖고 싶은데 주문할까?

뜻밖의 말에 코웃음이 났다. 그러나 주문만 하면 되는 세상이었다. 다람쥐는 숲에서 살아야 한다고 일렀다.

우리도 아파트 숲에서 산다고 엄마가 그랬어.

수아는 지지 않겠다는 듯 눈을 크게 떴다.

아파트가 나무처럼 많아서 아파트 숲이라고 한 거야. 진짜 숲은 여기잖아.

준호는 달래듯 부드럽게 말했다.

그건 나도 알거든.

수아는 시큰둥한 얼굴로 코를 찡긋했다.

너른 솔밭에는 새 둥지 만들기라는 팻말이 세워져 있었다. 지도 교사의 설명에 아이들은 큰 나무 주변에 흩어져 있는 나뭇가지를 주웠다. 수아는 두 손에 나뭇가지를 잔뜩 움켜쥐고 와서 둥지를 튼튼하게 만들어야 한다고 했다.

아빠, 나뭇잎을 주워 와야 해. 많이, 많이.

나뭇잎은 왜?

아기 새들을 보호해 줘야지. 위험하지 않도록.

수아는 갓 태어난 아기 새처럼 입술을 오므렸다. 준호는 지그시 수아를 바라보다 먹이를 주듯 뽀뽀했다. 둘은 접시 모양으로 나뭇가지를 얽어서 쌓아 올리고 넓적하고 동그란 나뭇잎을 얹어서 둥지를 완성했다.

지도 교사는 새에게 둥지로 날아오라는 신호를 보내야 한다고 말했다. 두 손에 나무막대기를 들고 땅을 두들겼다. 타닥탁탁 타닥탁탁. 제각기 손에 나무막대기를 그러쥐고 교사의 리듬을 따라서 땅을 두들겼다. 타닥탁탁 타닥탁탁. 아이들은 자유로운 몸짓으로 두들겼다.

아빠, 먼 바다에 있는 새들도 날아올 수 있어?

새들의 비행이 눈앞에 그려지자 옆구리가 간지러웠다.

그럼, 우리 더 힘껏 두드려 줄까?

좋아!

타닥탁탁 타택탑탕 투타탓탱 투툭탁툭. 눈감은 채 멈추는 방법을 모르기라도 하듯 두들겼다. 나무막대기의 질감이 손안에서 떨어지지 않았다. 준호는 어린 준호가 된 것 같이 천진해졌다. 두들기는 소리가 어떤 열기에 휩싸이자 누군가의 모습이 아른거렸다. 오랜 시간 동안 어떤 원망과 그리움으로 빚어진 얼굴이었다. 어쩐지 눈꺼풀이 무거워 떠지지 않았다. 한없이 시리고 포근한 기운에 미열이 났다. 은밀하게 장전하고 있던 얼음 같은 감정이 요동쳤다. 아. 짧은 탄성에 얼음이 눈 밖으로 녹아내렸다.

점심은 솔밭에서 펼쳐졌다. 부모들은 평편한 곳을 찾아 돗자리를 깔았다. 준호의 배낭에는 돗자리가 없었다.

돗자리 여분이 있다는 교사에게 가려는데 누군가 수아를 불렀다. 흰색 캡 모자를 쓴 여자가 손짓했다. 옆에는 해인이가 앉아 있었다.

자리가 남아서요. 이쪽에 앉으세요.

해인 엄마는 옆자리를 내어 주었다. 해인이는 텀블러에 꽂은 스테인리스 빨대를 빨아 먹는 데 집중하고 있었다. 다른 부모들도 어울려 자리하고 있어서 굳이 거절할 이유가 없었다. 준호는 수아를 먼저 들여보내고 신발을 가지런히 놓았다.

수아 엄마는 바쁘신가 봐요.

해인 엄마의 말에 준호는 간단히 둘러댔다. 현주의 피부 사정을 말할 필요는 없었다. 목이 마르다는 수아에게 준호는 오가닉 주스를 주었다. 수아의 손끝이 더러워 물티슈를 꺼내자 해인 엄마는 휴대용 손소독제를 건넸다.

쓰레기는 안 만드는 게 좋잖아요.

차분한 어조에 준호는 해인 엄마와 시선을 마주했다. 해인 엄마의 담담한 눈빛에 막연히 어디선가 본 듯한 느낌이 들었다. 그러나 선뜻 누구인지 떠오르지 않았다. 준호는 머쓱하게 웃으며 두 손을 문질러 닦았다.

해인 엄마가 가방에서 도시락을 꺼내자 찰밥과 김치,

연근조림, 연어구이 샐러드가 펼쳐졌다. 보온통이 열리자 불고기 냄새가 코로 들어왔다. 준호는 군침을 삼키면서 도시락을 열었다. 해인 엄마는 아란치니와 참치김밥을 보며 현주의 솜씨를 칭찬했다. 수아가 배고프다며 준호 옆으로 찰싹 붙어 앉았다. 서로 도시락을 권하며 한시도 가만히 있지 않는 아이들을 챙겨 먹이느라 애썼다. 틈틈이 아이에 관한 이야기도 나누었다. 대화는 끊어졌다가 뜬금없이 이어지고는 했다. 해인 엄마가 채소 반찬을 먹지 않는 아이의 식성을 말하는데 동그란 안경을 낀 여자가 다가왔다.

언니, 디저트 좀 드세요. 아까 도와줘서 고마웠어요.

손에 블루베리 타르트를 내밀었다. 해인 엄마는 괜찮다고 하면서도 받았다.

어, 연어구이 샐러드네요.

안경 낀 여자가 반색하자 해인 엄마는 노르웨이산 연어라며 먹어보라고 권했다.

아니에요. 어제 금해 현상을 못 참고 봄 도다리 대신 먹었어요.

금해 현상? 뭐 금단 현상 같은 거예요?

해인 엄마가 웃으며 물었다. 어리둥절해하던 준호는

제 발 저리듯 괜히 시선을 낮추었다. 그러고 보니 아침부터 지금까지 담배 생각이 나지 않았다.

언니, 제가 해산물 킬러인데 끊은 지 열흘째거든요. 어제 먹긴 했지만 다시 시작해야죠. 아는 언니 남편이 무역업을 하는데 조금 싼 해산물은 죄다 일본산이고 외국산을 국내산으로 속이는 일도 허다하다고 해서요. 몰랐던 일은 아닌데 이번에는 허투루 들리지 않네요. 방사능 식품이나 원산지 불명 식품을 식탁에 차릴 수는 없잖아요. 우리야 그렇지만 애들이 무슨 죄가 있겠어요.

안경 낀 여자는 간간이 미간을 찌푸리며 말했다. 곧이어 아이가 부르는 소리에 손을 흔들며 자리를 떴다. 준호는 주말에 갔던 대형마트를 떠올렸다. 세상의 모든 물건이 빼곡하게 쌓인 진열대는 풍요로운 세계로 안내했다. 진열대 사이를 여유롭게 걸으면 절로 콧노래가 나왔다. 현주는 필요한 물건을 따져보며 고르느라 다섯 걸음 정도 늦었다. 수아는 카트 안에 앉아서 세일 찬스로 산 랍스터가 뭘 먹고 살아서 빨간색인지 물었다. 준호는 바다 깊은 곳에서 작은 생선이랑 새우를 먹는다고 대답했다. 그러자 수아는 깊은 바다에서 랍스터가 어떻게 마트로 왔는지 알려 달라고 했다. 마침 현주가 와서 대답을 피했지만 준호는 랩 포장에 반들거리는 먹거리를 보며 괜히 기분이 씁쓸해졌다. 몸에 좋고 맛도 좋은 음식을 찾는 사람들은 일련의 사태만 기억할 뿐 먹거리의 안전성에 대해서는 잘 알지 못했다.

준호는 새우와 가자미를 좋아하는 수아를 바라보았다. 키위를 오물거리며 먹고 있는 수아를 무릎에 앉히고 어깨를 감싸 안았다. 수아가 왜 그러냐는 듯 동그란 눈으로 쳐다보자 준호는 어색한 미소를 지었다.

먹고 싶은 것을 못 먹는 것만큼 힘든 일도 없는데… 유별나다고 생각하세요?

해인 엄마는 준비해 온 방울토마토와 샤인머스켓을 꺼내 놓았다.

어쩔 수 없는 일 같아요. 자식 일이라면 유별난 게 부모 마음인 것 같아서….

준호는 수아의 등을 쓰다듬으며 현주를 생각했다. 먹는 것부터 씻고 바르고 입히는 것까지 수아의 물건을 살 때마다 현주는 성분과 소재를 꼼꼼하게 따졌다. 수아가 쓰는 물건에는 하나같이 프리미엄, 친환경, 천연, 유기농, 오가닉, 에코라는 단어가 적혀 있었다. 마트에 따로 진열된 유기농 식품 코너에서는 수아가 먹을 것만 샀다.

비싼 값을 치르는 게 수아가 아픈 것보다 낫다고 했다.

지도 교사가 팔손이 나뭇잎에 꽃잎과 풀잎으로 장식해서 만든 가면을 쓰고 나타났다. 숲의 전령이 된 듯 교사는 아이들에게 손짓했다. 자리에 흩어져 있던 아이들은 호기심과 기대에 가득 찬 표정으로 모여들었다. 해인이가 소리를 지르며 달려 나가자 수아도 뒤따랐다.

해인 엄마가 보온병에 담아온 커피를 권했다. 은은한 커피 향에 준호는 고맙다며 받았다. 커피 한 모금에 부산했던 마음이 잦아드는 것 같았다.

해산물은 좋아하세요?

해인 엄마는 아이들의 모습을 바라보며 물었다.

킬러 수준은 아니에요.

해인 엄마는 풋, 하고 손으로 입을 가렸다. 준호도 덩달아 싱긋 웃었다.

싱거운 건 여전하네….

준호는 흠칫 놀란 눈으로 해인 엄마를 쳐다보았다. 웃음기가 남아 있는 얼굴은 뭔가 알고 있는 표정이었다. 어디선가 본 듯한 느낌은 괜한 것이 아니었다.

나 모르겠어요?

시니컬한 해인 엄마의 표정에서 잠시 시간이 멈추는

듯했다. 준호는 미간을 찡그려가며 기억을 더듬다가 순간 놀라 입이 벌어졌다.

베트남 황?

해인 엄마가 어이없다는 듯 호탕하게 웃었다. 준호는 어떤 표정을 지어야 할지 난감했다. 이름보다 그녀의 별칭이 더 선명했다. 그녀가 베트남으로 KOICA 대학생 해외 봉사활동을 다녀와서 붙은 별명이었다. 구조조정과 실업에 대한 압박을 느끼며 입학했던 학번이라 봉사활동은 사치와도 같았다. 다들 대학 생활의 로망보다 공무원 시험을 준비하거나 도서관에서 취업 공부를 하며 안정적인 직업을 갖기 위해 분투해야 했다. 그런 시기에 해외 봉사를 다녀온 그녀는 동기들 사이에서 얼마간 비아냥과 부러운 시선을 동시에 받았다. 그중 누군가가 베트남 황이라고 칭했다. 면전에서 부르는 경우는 없었지만 베트남 황을 모르는 사람은 없었다.

야아, 너무 오랜만에 들으니 새삼스러운데? 이십 년이 지나도 베트남 황이라니. 그래, 나 황선희야.

해인 엄마는 황선희로 다소 명랑해져 있었다.

넌 그동안 바다와 좀 친해졌니?

대뜸 묻는 말에 준호의 한쪽 눈썹이 쓱 올라갔다.

우리 어활 갔을 때 생각이 나서….

선희의 목소리가 제법 아련하게 들렸다. 어촌봉사활동, 이라는 말이 반사적으로 튀어나왔다.

아니, 어민학생연대활동이지. 봉사가 아니라 품앗이니까.

선희는 똑 부러지게 말했다.

그래, 연대활동….

준호는 민망한 듯 웃었다. 동산 위로 떠 있는 구름에 시선이 닿았다. 바람이 부는 곳으로 흘러가는 구름의 방향을 아득하게 바라보았다. 준호는 어쩌다가 어활을 가게 되었는지 알지 못했다. 친구가 좋아하는 여자를 따라가자고 한 것은 농활이었다. 두 사람을 이어주는 징검다리 역할을 마다할 수 없어서 고개를 끄덕였는데 당일 아침에 준호는 선뜻 차량에 오르지 못했다. 어활에 배정된 사실을 베트남 황이 알려 주었기 때문이었다. 친구는 어찌 된 영문인지 모르겠다며 눈만 껌뻑거렸다. 준호는 난감하기 그지없었다. 바다와 마주할 자신이 서지 않았다.

바닷물이 빠진 갯벌 위로 낡은 배 한 척이 인상적인 서해의 한 포구 마을이었다. 비릿한 갯내, 출렁이는 파도, 소금 먹은 바람이 있는 해안가를 따라 걸으며 여유와 낭

만을 누리기에는 할 일이 많았다. 해초와 함께 떠밀려 온 쓰레기를 비롯해서 폐그물, 녹슨 어구, 어망, 낚싯줄, 스티로폼 부표를 수거하는 일은 만만치 않았다. 유난히 뜨거운 포구의 햇볕 아래서 흘린 땀을 씻어 내기 위해 몇몇은 바다로 뛰어들기도 했다. 밀짚모자를 푹 눌러쓴 준호는 눈부신 푸른 바다에서 멀찍이 떨어져 있었다. 한낮의 열기가 사그라진 밤이면 허기진 마음을 채우기 위해 너나없이 술잔을 들었다. 포구 마을에서의 마지막 밤도 어김없었다. 조개탕의 감칠맛에 술잔이 비워지고 못 다한 이야기는 끝나지 않고 달짝지근한 술맛은 키스를 불렀다. 얼큰해진 술기운을 빌려 준호는 활처럼 휘어진 해안가 끝자락에 있는 갯바위로 갔다. 저 너머로 보였던 바다가 짙은 어둠 속에서 제 모습을 드러냈다. 반듯하게 가로지르는 서해의 수평선, 달빛으로 가릴 수 없는 바다, 들썩이는 파도 앞에서 준호는 넋을 놓았다. 멀건 눈동자에 지난날들이 밀려오고 쓸려나갔다. 갯바위로 철썩이는 파도가 자꾸만 가슴에서 부서지는 것 같았다. 해일이 쓸고 지나간 바다를 향해 쏟아냈던 어머니의 둥근 울음이 들리는 듯했다. 밤공기에 눈시울이 붉어졌다. 수면 위로 오래전 바다가 데려간 얼굴이 걸려 있었다. 바닷물에 씻겨 허옇게 굳어버린 얼굴이 준호의 눈에 차올랐다. 물결 위로 푸른 손이 솟아오르더니 준호를 향해 내밀었다. 준호의 발이 바닷물에 젖어가고 있었다. 보얀 살결의 몸내음이 코끝에 스며들었다. 준호는 저도 모르게 손을 들었다. 파도가 발목을 끌어당기는 것 같았다. 파도에 이끌리듯 준호는 바닷속으로 조금씩 걸어 들어갔다. 턱밑까지 차오른 바닷물에 몸이 휘청거리자 푸른 손이 준호를 붙잡았다. 마주 잡은 푸른 손이 어루만지듯 했다. 이토록 차갑고도 부드럽다니. 한순간 억눌러 왔던 감정이 솟구쳐 올랐다. 울타리가 되어주지 못한 무감한 손이었다. 그런데도 푸른 손을 놓지 않으려고 안간힘을 쓰는 이유를 알지 못했다. 어느 결에 파도가 높이 솟아오르자 물보라가 커다랗게 일었다. 새하얀 물보라 위로 무지개가 떴다. 한눈을 파는 사이에 푸른 손이 사라져버렸다. 가슴 깊이 새겨진 이름이 빠져나올 정도로 울부짖었다. 그러나 파도만 몰아칠 뿐이었다. 준호의 손에는 사라지지 않은 열기가 감돌았다. 당신, 이제 평온한 곳으로 가시는 건가, 푸른 손을 안고…. 무지개 덕분인지 가빠지는 날숨에도 두렵거나 무섭지 않았다. 온몸에 힘이 점점 빠져나가자 얼떨결에 붙잡은 것이 페트병이었다. 구조대가 도착해 심폐소생술을 하며 병원으로 이송했다. 의사는 별다른 특이 증상이 없어 천만다행이라고 했다. 수액을 맞고 있는 준호의 옆 침대에는 황선희가 누워 있었다. 준호는 자신의 감정을 묵묵히 견뎌내느라 한마디도 하지 못했다. 병원 문을 나와서야 갑자기 생각한 듯이 말했다. 미안해, 나 때문에. 선희는 가던 걸음을 잠시 멈추었다. 취미로 수영은 어때? 엉뚱한 말 한마디에 이상하게 기운이 났다. 그 후로 입대하고 복학하면서 선희를 만나지 못했다.

선희야.

준호가 나지막이 불러보았다. 선희가 돌아보자 어색해서 잠시 눈을 내렸는데 마침 해인이 엄마를 급히 찾았다. 그 바람에 준호는 해야 할 말을 하지 못했다. 선희는 해인을 데리고 큰 나무 뒤로 가서 볼일을 보았다. 준호는 도시락을 챙겨 넣고 주변을 정리했다. 자리로 돌아온 선희는 나무에 거름을 뿌려줘서 더 잘 자라겠다며 실없이 웃었다.

참, 우리 어활 가서 했던 일 말이야. 나 지금도 하고 있어. 비치코머라고.

선희는 바다 쓰레기를 주워 모아 재활용품으로 기념품

을 만든다고 했다. 준호는 물끄러미 선희를 바라보았다. 베트남 황 아니 황선희의 낯빛이 제법 근사해 보였다.

왜 그렇게 쳐다봐?

넌 그대로인 것 같아.

준호는 웃음 띤 얼굴로 말했다.

그대로긴, 변하는 게 사람 마음인데….

선희는 한 달 뒤에 열리는 비치코밍 페스티벌에 수아랑 구경 오라고 했다. 준호는 다음에 만나면 고맙다는 말을 꼭 해야겠다고 생각했다.

아이들은 숲속의 요정이 되어 돌아왔다. 준호와 선희는 두 팔을 벌려 요정을 맞이했다. 수아는 마사지 크림을 바른 얼굴에 꽃잎과 풀잎으로 장식해 꽃의 요정이라고 자랑했다. 해인이는 장승 얼굴이 그려진 가면을 쓰고 솟대를 들고서 나무 요정이라며 목소리를 높였다. 요정 같은 아이들의 해맑은 목소리가 숲속에 퍼지고 있었다. 준호는 수아의 모습을 사진으로 남겼다.

집으로 가는 길에 수아가 치즈핫도그를 사달라고 했다. 소시지가 아닌 치즈를 쭉쭉 늘리면서 먹는 재미가 있었다. 핫도그 하나를 거뜬히 먹은 수아는 다리가 아프다고 보챘다. 준호는 수아를 들어 올려서 목말을 태웠다. 높은 곳에서 시야가 트이자 수아는 들뜬 목소리로 재잘거렸다. 행어에 입던 옷가지를 파는 헌 옷 가게를 지나고 오리엔탈 화병, 책거리 병풍, 오래된 라디오 등 만물상을 지나서 압력밥솥, 전자레인지, 세탁기 등 가전 재활용품 가게를 지나고 있을 때 수아가 소리쳤다.

앗, 퐁당퐁당 수족관이다!

열대어 수족관은 재활용품 가게 맞은편에 있었다. 내려 달라는 수아의 말에 준호는 걸음을 멈추었다. 수아는 수족관 앞으로 곧장 달려갔다. 다리 아프다는 말은 엄살인가 싶었다. 전시된 수조 안에서 유영하는 열대어를 보느라 수아는 눈을 떼지 못했다.

아빠는 처음 보지? 저 물고기가 꼬물이야. 예쁘지? 내가 지은 이름이야.

준호는 푸른 조명 아래서 헤엄치는 열대어를 가까이서 보는 게 정말 처음이지 싶었다. 수아는 엄마랑 구경 온 적이 있다고 했다. 준호는 왜 이름이 꼬물이냐고 물었다.

꼬물이니까 꼬물이지.

수아는 뭔가 당연한 것을 모르냐는 듯 무시와 연민의 눈길로 쳐다보았다. 괜히 무안해진 준호가 수족관 문을 열자 수아는 종종거리며 따라왔다. 크기별로 진열된 수조 안에는 여러 종류의 물고기와 거북이, 새우 등 다양한 생물들이 노닐고 있었다. 바닷속 풍경과 마주하는 기분이 들 정도로 물고기들이 산호와 수초 사이를 유영하며 제 몸짓과 빛깔을 뽐내고 있었다. 준호는 차가운 푸른 조명이 비추는 수조 앞에 서 있었다. 푸른 물속의 몽환적인 풍경이 자아내는 어떤 형상에 이끌려 가슴이 저릿했다.

물멍이 매력이죠.

주인은 물속을 보며 멍하게 있는 것만큼 좋은 게 없다고 했다. 준호는 희미하게 웃으며 수아 곁으로 갔다. 새하얀 자갈 위로 헤드폰을 낀 펭귄과 아이스크림을 먹는 판다와 물고기를 든 곰과 거북이 등에 탄 토끼 등 피규어가 있는 미니 수조 앞이었다. 아기자기한 피규어 사이로 헤엄치는 물고기는 부채꼴로 펼쳐진 새빨간 꼬리지느러미가 인상적이었다. 몸집에 비해 큰 지느러미가 붉은 드레스 자락처럼 넘실거렸다. 화려하고 아름다운 자태는 수아의 시선을 사로잡기에 충분했다.

마음이 끌리는 건 어쩔 수 없나 보네요.

다가온 주인은 구피 어종으로 보통 알풀로 불린다고 했다.

아빠….

수아가 살며시 기대며 준호의 손을 부여잡았다. 그리고 잡은 손을 살랑살랑 흔들었다.

현주는 집으로 데려온 알풀을 보고 놀라 눈이 휘둥그레졌다. 제 친구라며 소개하는 수아는 준호에게 살갑게 대했다.

무슨 일이에요? 갑작스럽게 친구라니?

현주는 어리둥절해 하며 준호를 따라 움직였다.

이런 친구는 정서에 좋잖아. 공기 정화도 되고 가습기 효과도 있고.

준호는 미니 수조를 거실 장식장 위에 올려놓았다. 현주는 고개를 갸웃하며 의아해했다. 전형적인 샌님 스타일에 꼼꼼하고 치밀한 회계사로 모든 에너지가 생계에만 집중되어 있는 준호였다. 수아가 태어나면서 현주는 선택하는 데 골몰했고 준호는 어떤 입장도 없이 현주의 선택을 받아들이는 데 시간을 들였다. 어느 날부터 집에 오면 모든 긴장을 풀어버린 채 그 흔한 화분에도 눈길을 주지 않던 무신경한 사람이 살아 움직이는 물고기를 들고 오다니. 어쩌면 엄청난 일인지 모른다는 생각에 준호를 낯설게 바라보았다.

내가 세팅해 놓을 테니까 자기 할 일 해.

제 일을 찾은 것처럼 목소리에 생기가 돋았다. 준호는 설명서를 읽어가며 여과기부터 조립하기 시작했다. 무슨 일이 있었는지 묻고 싶었지만 현주는 세팅 작업에 집중하는 준호의 손을 보며 참아냈다. 현주는 준호 곁에 있던 수아를 데리고 욕실로 갔다. 수아는 목욕하면서 준호와 있었던 일을 두서없이 말했다. 수아를 씻기는 동안 현주는 깨달았다. 준호를 손바닥 꿰듯 안다고 생각한 것이 오만에 불과했다는 것을.

저녁 내내 수아는 수조 앞에서 떠날 줄 몰랐다. 훤히 들여다보이는 물속 세계가 신기하다며 번번이 준호를 찾았다. 준호는 전에 없이 생겨난 일상에 수아와 더 가까워진 것 같았다.

근데 이거 너무 섹시한 거 아냐?

현주는 눈을 흘기며 준호에게 속삭였다. 수조 안에서 노니는 지느러미의 화려한 색감과 유연한 자태가 고혹적이었다.

좀 그렇지? 당신처럼.

현주는 입을 다물지 못했다. 좋아하는 눈치였다. 알 수 없는 설렘에 오늘 밤을 기대해도 좋을 것만 같았다.

수아야, 어서 자야지.

잠옷으로 갈아입은 현주가 손짓했다. 수아는 못내 아쉬워하며 방으로 들어갔는데 이내 팔랑팔랑 뛰어나와서 준호에게 와락 안겼다. 수아의 따뜻한 숨결이 목 언저리를 맴돌고 보드라운 손이 단단한 어깨를 감싸 안았다. 수아에게 안긴 준호는 마음이 충만해지는 것 같았다.

잘 자, 아버지.

꿈꾸는 듯한 목소리였다. 준호는 잠이 덜 깬 것처럼 얼떨떨하더니 살짝 어지러웠다. 방으로 돌아가는 수아의 뒷모습을 멍하니 보았다. 한 번도 부르지 못한 그 이름이 자꾸만 귀에 걸려서 준호는 아무것도 하지 못하고 있었다.

불이 꺼진 밤, 수조에 조명등을 켰다. 푸른 조명 아래서 유유히 흩날리는 긴 지느러미를 한참 동안 바라보았다. 한 방향으로 흘러가는 물결을 따라가다 보니 어느새 마음이 추슬러져 있었다. 준호는 소파에 기대어 눈을 감았다. 머릿속으로 하루의 궤적을 곰곰이 그려나갔다. 아침부터 저녁까지 무엇을 보고 들었는지 수아와 있는 동안 무엇을 견디고 있었는지 생각했다. 아득히 푸른 바다 저 너머에서 어떻게 이곳으로 건너왔는지 깨닫는 순간 심장이 거세게 뛰었다. 난생처음 무지개를 본 것처럼.

사수의 의무

버스가 정류장을 지나갔다. 윤미가 횡단보도를 건너기 위해 신호등 앞에 있을 때였다. 윤미는 빨강 신호등 안에 있는 사람처럼 서서 멀어져 가는 버스를 쳐다보았다. 횡단보도 맞은편의 버스정류장 부스가 어둠 속에서 환하게 빛나고 있었다. 부스 안의 형광등 불빛 아래에 두 사람이 마주 보고 있는 모습이 눈에 들어왔다. 왠지 모를 위안이 느껴졌다. 밤바람에 윤미의 치맛자락이 팔랑거리는 것을 뒤따르고 있던 남자가 바라보았다. 남자와 윤미와의 거리는 열세 걸음 정도로 떨어져 있었다. 남자는 최대한 자연스러운 걸음을 걷기 위해 애썼다. 윤미가 경계심 따위는 가질 수 없도록. 남자는 휴대전화로 시간을 확인했다. PM 9:27.

버스는 시간표대로 정확히 도착하지 않았다. 오차가 나는 이유는 원활하지 않은 도로 교통상황 때문이 아니었다. 그곳은 지역 간 연결되는 길목에 최대 규모로 세워진 계획도시였다. 신도시로 조성된 지 얼마 되지 않아 통행량이 적은 탓에 도로는 고속도로와 같았다. 아마도 가속페달을 밟는 운전기사가 흥얼거리는 콧노래의 엇박자 탓일 가능성이 높았다. 남자는 주변을 둘러보았다. 신도시의 밤거리는 어둡고 적막했다. 가로수의 무성한 잎이 바람을 마시듯 스읍, 하는 소리를 냈다. 아파트 층층이 켜진 형광등과 띄엄띄엄 세워진 가로등이 거리를 비추었다. 주변의 상권이 한산해서 사람들이 다니지 않는 거리에는 어둠이 가시지 않았다.

그래도 요즘은 많이 나아진 거야. 일 년 전만 해도 유령도시였다니까. 밤에는 무서워서 나갈 엄두를 내지 못했다는 거 아니니. 그래도 걱정하지 마. 언니가 지켜줄 테니까. 곧장 집으로 가야 해. 도착하면 전화하는 거 잊지 말고. 어서 가. 여긴 시내와 달라서 버스를 놓치면 25분은 기다려야 해. 알잖아. 버스를 기다리는 게 얼마나 지루한 일인지. 윤미는 사촌 언니가 불룩한 배를 쓰다듬으면서 했던 말을 떠올렸다. 짧은 탄식이 발끝에 떨어졌다.

"뛸 걸."

왕복 4차선 도로의 횡단보도에 발이 묶여버린 윤미는

빨강 신호등을 보며 낮게 중얼거렸다. 신호등을 무시하고 무단횡단을 하지 못한 것이 후회스러웠다.

느리게 걷고 있다는 것은 지극히 주관적인 남자의 생각이었다. 평소 걸음이 빠르고 백 미터 최고기록이 13초인 남자였다. 남자의 보폭은 점점 윤미와의 간격을 좁히고 있었다. 윤미와는 일정한 간격을 유지해야만 했다. 남자는 어쩔 수 없이 휴대전화로 통화하는 척하며 거리를 조정했다. 인기척을 느낀 윤미가 고개를 홱 돌렸다. 남자는 키가 크고 체격이 좋아 보였다. 가로등에 비친 얼굴은 국어 선생님 같았다. 하지만 생김새만 보고 판단할 수 없는 것이 사람이었다. 혹시 모를 의구심에 긴장을 늦춰서는 안 된다고 생각하던 그때, 자동차 한 대가 굉음을 뿜어내며 빠른 속도로 질주했다. 깜짝 놀란 윤미는 혼이라도 낚인 듯 몸이 굳어 버렸다.

"무단횡단이라니."

윤미는 앞서 했던 말을 부정하듯 고개를 가로저었다. 멀리 달려가는 자동차를 보며 속도위반을 생각했다. 피식 웃음이 나왔다. 신도시에 신접살림을 차린 사촌 언니는 다음 달이 산달이었다. 결혼한 지 칠 개월 만에 아이를 낳는 것이다. 사촌 언니와는 결혼 전까지 친구같이 만

나는 가까운 사이였다. 구경거리가 많은 시내를 활보하는 것을 좋아하던 언니에게서 전화가 왔다. 재미있는 영화도 보고 맛있는 것도 먹자. 우리 집으로 올래? 석 달 전, 집들이 때 언니를 본 게 마지막이었다. 윤미는 배가 불러온 이후로 앉아서 일어나는 것조차 힘들다는 사촌 언니를 만나고 집으로 돌아가는 길이었다.

'정윤미. 22살. 엄지대학교 윤리교육과 3학년. 안락동 편한 빌라 308호.'

남자는 휴대전화의 문자를 보며 의뢰자와의 통화를 떠올렸다. 부탁해요. 윤미에게는 경호 사실을 비밀로 해주세요. 알면 절대 거절할 애예요. 이미 비용을 입금했는데 헛돈이 되면 안 되잖아요. 하지만 보호 대상자에게 저희 신분을 알리는 것이 원칙입니다. 그러니 부탁하는 거잖아요. 보호 대상자가 다른 오해를 할 수도 있습니다. 제가 따로 수고비를 챙겨 드릴 테니까 계좌번호 남겨주세요. 오해 없도록 잘 경호해 주세요. 남자는 수고비라는 말에 원칙이라는 단어를 다시 꺼내지 않았다.

그 정도의 융통성을 발휘할 줄 아는 남자는 여성안심귀가 경호원이다. 밤 9시부터 새벽 2시까지 지정 장소에서 보호할 여성 대상자를 만나 귀갓길까지 동행하면서 신변을 보호하는 일이다. 몇 년째 성 관련 범죄가 끊이 질 않고 계속 일어나자 불안과 공포에 사로잡힌 여성들은 경찰이 아닌 사설 경호원에 신변 보호를 요청했다. 경호를 의뢰하는 여성들은 비용을 지급해서라도 범죄로부터 안전하게 집으로 가고 싶어 했다. 공인무도자격증 1단 이상 소지자인 남자는 심야 알바로 사설 경호원을 하고 있다. 본업은 태권도장의 사범이지만 그 수입만으로 생활이 녹록지 않았다. 남자에게는 험한 세상으로부터 지켜야 하는 아내와 아들 셋이 있었다. 날이 갈수록 아들 셋은 먹는 양이 많아지고 아내는 필요한 것이 늘어갔다. 한때 아내도 방과후 수업으로 논술을 가르치며 한몫을 했다. 하지만 셋째를 출산한 뒤로 일을 그만두었다. 몸이 약해 병치레가 잦은 셋째는 유난히 엄마 손을 탔다. 아내가 밤낮없이 아이들을 돌보는 동안 남자는 돈을 벌었다. 그러나 돈은 손에 쥐어보지도 못하고 누군가의 계좌로 들어가기 일쑤였다.

사실 멀리서 버스가 오는 것을 보고 있었다. 그러나 무단횡단을 해서 버스를 타야겠다고 생각하지 못했다. 교통 신호를 누구보다 잘 지켜온 윤미에게는 당연한 일이었다. 윤미는 사회의 법과 제도를 한 번도 어겨본 적이 없었다. 도덕적 품성과 윤리적 지식을 가진 윤리교육학도로서의 미덕이었다. 하지만 생존을 위한 전략에서 전공은 미덕이 되지 못했다. 윤미는 3학년이 되자 진로에 대해 심각하게 고민했다. 임용고시와 취업 중 어느 것을 준비해야 하는지가 문제였다. 무엇이 최선인지 모색하는 일은 불안한 현재를 담보로 하기에 더 불안했다. 도서관에 살면서 임용고시를 준비하는 선배가 충고라며 말했다. 괜히 시간 버리지 말고 성적과 미모 관리로 취업 준비나 착실히 해. 경쟁자 줄여 보겠다고 이런 말 한다고 생각하면 오해야, 오해. 학교에 고시합격 플래카드를 본 지 아득해. 윤미의 사촌 언니도 한마디 보탰다. 적어도 삼세번 안에 성공하면 집안의 경사와 함께 최고의 신붓감으로 등극하지만 실패하면 '골똘이'가 되는 거야. 골때리는 똘똘이. 윤미는 때때로 입술을 깨물며 자문했다. 바늘구멍 같은 고시에 통과할 자신 있어? 취업하면 고시에 미련 두지 않을 자신 있어? 윤미는 무엇을 시작하기도 전에 의심부터 하는 자신이 못난 것 같아 때때로 우울했다.

신호등이 파란불로 바뀌었다. 윤미는 횡단보도를 건너가기 시작했다. 윤미의 걸음은 결혼식장에 입장하는 신부보다도 느렸다. 평소 걸음이 빠른 편은 아니지만 서두를 이유도 없었다. 남자는 윤미의 뒷모습을 바라보았다. 어깨를 타고 내려간 머리칼이 바람에 나풀거렸다. 남자의 눈길이 머리칼의 끝을 타고 내려가서 시폰 소재의 긴 치맛자락에 머물렀다. 걸을 때마다 잔잔한 물결처럼 일렁이는 치맛자락 아래로 윤미의 발목은 희고 가늘었다. 코를 스치는 바람이 가을을 품고 있었다.

윤미와 남자는 시차를 두고 버스정류장에 들어섰다. 버스 정류장에는 노랑머리 여자와 보라머리 남자가 얘기를 나누고 있었다. 노랑은 찰랑거리는 웨이브로 여성스러웠고 보라는 쇼트커트로 세련돼 보였다. 윤미는 염색하지 않은 긴 머리를 쓸어 넘겼다. 남자는 습관처럼 주위를 둘러보았다. 버스정류장 근처에는 아무도 없었다. 인기척에 노랑과 보라는 하던 얘기를 멈추고 윤미와 남자를 흘깃 쳐다보았다. 얼굴이 보송보송한 그들은 윤미와 비슷한 또래로 보였다.

"혹시 가방을 훔쳐서 지갑하고 핸드폰만 빼고 여기에 버린 게 아닐까?"

노랑이 눈에 힘을 주며 말했다.

"그럴지도 모르지."

보라의 말에 남자는 가방을 슬쩍 훔쳐보았다.

"아냐, 어쩌면 차로 납치되는 바람에 가방을 못 챙겼을 수도 있잖아?"

"납치라면 본능적으로 가방을 방어 무기로 사용했겠지. 그런데 가방이 너무 얌전하게 놓여 있었잖아."

보라는 버스정류장 의자에 덩그러니 놓인 가방을 보며 말을 이었다.

"어쩌면 놈은 가방부터 빼앗았는지도 몰라. 지갑하고 핸드폰을 챙긴 다음 여자를 데리고 어디론가 사라진 거야. 그리고 며칠 뒤에 다른 도시의 강물 위로 시체가…."

노랑이 보라의 팔을 가볍게 찰싹 때리는 바람에 말은 끊어졌다.

"그만해. 무서워. 넌 영화를 너무 많이 봤어."

노랑의 무섭다는 말에 남자는 주머니에 든 명함을 만지작거렸다. 노랑에게 명함을 주고 자신의 보호 대상자를 늘이고 싶었다. 하지만 앞에 서 있는 윤미를 보며 차마 명함을 꺼내지 못했다.

"내가 있는데 뭐가 무서워."

"치, 지나가는 개도 무서워하면서…."

호기를 부리는 보라를 보며 노랑이 비웃었다.

윤미는 그들이 말하는 가방을 스캔하듯 보았다. 소재가 좋고 불필요한 장식이 없는 스테디셀러 같은 가방이었다. 형광등에 아래서 자줏빛 가방이 자태를 뽐냈다.

버스정류장의 의자 한가운데에 자줏빛 가방이 놓여 있었다. 가방을 발견한 노랑과 보라는 가방 주인을 찾아주기 위해서 가방을 열어 보았다. 소지품 검사하듯 꼼꼼하게 가방 속을 뒤졌다. 온갖 잡동사니들이 들어 있을 법한 가방 속에는 한 권의 책과 화장품 파우치, 휴대용 휴지밖에 없었다. 가방 주인을 찾아줄 정확한 단서인 지갑이나 휴대전화는 없었다. 다만 '얼마나 있어야 충분한가'라는 책 표지에는 엄지대학교 도서관의 라벨지가 붙어 있었다. 그들은 적잖이 난감해했다.

윤미는 노랑의 팔에 걸려 있는 가방을 보았다. 20대 초반이 선호하는 브랜드로 귀여운 디자인의 토트백이었다. 보라와 시선이 언뜻 마주친 윤미는 무신경한 척 어깨에 두른 가방을 고쳐 맸다. 윤미의 가방은 천 소재로 만든 에코백이었다. 윤미는 에코백을 보던 사촌 언니의 말을 떠올렸다.

에코백은 무슨. 네 말대로 크고 가볍고 친환경인 천 소재면 다야? 시장바구니로 보이는 게 문제지. 가방은 단순히 물건을 넣는 도구가 아냐. 여자에게 가방은 신체의 일부와 같은 거야. 항상 몸에 지니고 있으니 말이야. 그러니 가방을 보면 그 사람의 센스까지 엿볼 수 있다고 하잖니. 센스라는 게 얼마나 많은 것을 포함하고 있는지 알지? 그래. 그냥 넘어갈 일이 아니야. 윤미야, 같이 가방 사러 갈까? 윤미는 사촌 언니를 보며 눈을 껌뻑거렸다. 어릴 적부터 엄마에게 그토록 듣고 싶었던 말이었다. 그게 무엇이든 윤미는 엄마와 같이 하고 싶은 게 많았다. 그러나 엄마는 윤미에게 자기 일은 저 혼자 하는 습관을 지녀야 한다고 재차 강조했다. 윤미는 엄마와 함께한 기억이 가물가물했다. 모녀라면 누구나 가지고 있을 그런 사소한 기억이나 추억이 윤미에게는 없었다. 때때로 친구들이 엄마와 있었던 일에 대해 말하면 윤미는 왠지 모를 상실감과 패배감에 젖어 버리다가도 곧 질투와 시기심이 찾아들었다. 세상에서 가장 가난한 사람은 돈 없는 사람이 아니라 엄마와의 추억이 없는 사람이라 생각할 정도였다.

"그나저나 저 가방 어떡할 거야? 엄지대 가서 주인을 찾아 줄 거야?"

엄지대라는 말에 윤미의 눈썹이 움찔거렸다.

"너, 엄지대 가 봤어?"

"아니. 수재들만 있다는 곳에 갈 일이 뭐가 있겠어. 넌?"

노랑이 시큰둥한 표정으로 말했다.

"칠칠맞게 가방이나 놔두고 다니는데 수재는 무슨. 엄지대 말만 들어도 멀미나."

"그렇지만 가방 주인을 찾으려면 가야 하잖아. 어떻게 해?"

"어떡하긴. 그냥 놔두자."

보라는 귀찮은 듯이 한 손으로 가로저었다.

"뭐? 찾아주자며?"

"가방에 엄지대 도서관 책이 들었다고 무조건 엄지대생이라는 보장도 없고. 가방 찾아주면 보상금이 있는 것도 아니고. 괜한 오지랖인 것 같아."

"하긴, 우리가 꼭 가방 주인을 찾아 줄 의무가 있는 건 아니니까. 괜히 잘못 얽혔다가 피곤해질 수도 있으니."

보라의 말을 곰곰이 듣고 있던 노랑이 고개를 끄덕거리며 말했다.

"가방 주인 찾아 줄 시간에 파마 더 말고 가위질해서 돈을 버는 게 우리한테 남는 거야."

"그래, 맞아. 가방은 어떻게든 되겠지."

노랑이 차도 쪽으로 고개를 내밀며 말을 이었다.

“어, 저기 우리 버스 온다. 근데, 너 가끔 좀 똑똑한 거 같아.”

“항상 똑똑하면 너랑 같이 다니겠니?”

“치. 나랑 같이 안 다녀도 되거든.”

“정말이야? 정말이냐고!”

“아, 몰라, 몰라. 어서 버스나 타!”

버스가 정류장에 멈추자 노랑과 보라는 차례로 올라탔다. 주인이 없는 혹은 주인을 잃은 가방을 남겨둔 채. 윤미는 그들이 서 있던 자리를 지나쳐 버스정류장 의자의 가장자리에 앉았다. 남자는 윤미의 움직임에 움찔했다가 멈추었다. 윤미에게 경호원이라 밝히지 않았다고 해서 보호 대상자와 같이 앉아 있을 수는 없었다. 남자는 머쓱해하며 버스정류장 광고판에 어깨를 기대고 섰다. 남자는 습관처럼 주변을 둘러본 뒤 윤미를 보았다. 다행히 아직 윤미는 자신의 존재를 알아차리지 못한 것 같았다. 남자는 버스 뒷문으로 내리는 아줌마를 보았다. 갓 파마를 한 것처럼 머리칼이 뽀글거렸다. 뽀글씨는 곧장 버스정류장에 놓인 의자로 향했다. 손에 교통카드를 쥐고 있는 것이 다른 버스를 갈아탈 모양이었다.

"아가씨, 가방 좀…."

뽀글씨는 말도 끝내기 전에 엉덩이부터 들이밀었다. 윤미는 말없이 자줏빛 가방을 자기 쪽으로 당겼다. 뽀글씨는 곁눈질로 가방을 이리저리 살펴보았다.

"가방이 좋아 보이네. 얼마 주고 샀어?"

뽀글씨는 대뜸 윤미에게 물었다. 순간, 윤미의 머릿속에 어떤 생각이 스쳐 갔다. 뽀글씨의 말이 귓전에서 흐려졌다.

"네?"

윤미는 조금 당황한 표정으로 되물었다.

"아니, 우리 딸한테도 이런 가방 하나 사주고 싶어서 말이지."

뽀글씨는 가방에서 눈을 떼지 못했다. 윤미는 뽀글씨의 표정을 유심히 살피듯 보았다.

"저기, 제 가방이 아니라서… 가방 주인을 찾아 주려고요."

윤미는 잠깐 망설이다가 침착하게 말했다. 남자는 가방 주인이 엄지대생이라는 보장이 없다는 그들의 말을 기억했다. 그럼에도 가방 주인을 찾아주려는 윤미가 기특했다.

"착하기도 하지. 아가씨 같은 사람이 법 없이도 살 사람이야."

뽀글씨의 말에 윤미는 멋쩍은 미소를 지었다.

"그래도 법은 필요해요. 무법천지에서 살 수 없잖아요."

윤미는 다소곳하고 겸손하게 말했다.

"그렇지. 아가씨 똑똑하네. 어느 학교 다녀?"

뽀글씨는 윤미를 빤히 보고 있었다.

"엄지대학교요."

윤미는 새침하게 눈을 내리며 대답했다.

"어쩐지 그럴 것 같더라. 공부 잘하고 얼굴도 예쁘고 마음도 착하고 일등 며느릿감이야. 그런데 이 밤에 혼자 다니고 그래. 위험하게. 요즘 어떤 놈들이 돌아다니는 세상인데…."

반색을 하던 뽀글씨가 남자를 힐끗 쳐다보며 말했다. 마치 '놈'을 보는 듯한 눈빛이었다. 남자의 얼굴에는 황당한 기색이 역력했다.

"놈들은 세상 여자가 다 자기 건 줄 알아. 초등학교 입학 전인 애도 여자라고 건드리니. 나, 원, 참. 하긴 법이 무슨 소용이야. 법이 제 노릇을 한다면야 하루에 성범죄가 그렇게 많이 일어날 수가 없지. 군인이나 경찰도 그

짓거리를 하고 있으니 누굴 믿을 수가 있나. 놈들한테 전자발찌를 부착시키면 뭘 해? 추적도 못하게 만들어 버리는데. 오죽하면 성매매 금지법을 폐지해야 한다는 말이 나돌아다닐 정도니. 어휴. 처음에 우편물로 성범죄자 얼굴이 왔을 땐 얼마나 놀라고 화가 나던지 욕을 사발째 들이부었다니까."

뽀글씨의 한숨이 길어졌다. 남자는 억울하고 답답한 심정이었다. 당장에 경호 수행 중이라 말하고 사설 경호원 신분증을 보여주고 싶었다. 남자가 주먹을 꽉 쥐며 의뢰자의 부탁을 상기하던 그때였다. 주머니에서 휴대전화의 진동이 울렸다. 아내였다. 남자는 순간 자상한 가장의 모습을 보여 줘야겠다고 마음먹었다.

"응, 지금 집에 가려고 버스 기다리는 중이야. 애들은 뭐 하고 있어?"

남자는 최대한 친절한 목소리로 통화했다. 당신 왜 그래? 전화 너머로 아내가 말했다. 남자는 재빨리 통화음을 줄였다. 뽀글씨와 윤미는 아무 말 없이 조용한 가운데 남자가 통화하는 내용을 듣고 있었다.

"아니, 둘째한테 동화책을 읽어주기로 했는데 일이 늦는 바람에 약속을 못 지켰네."

남자는 말을 하면서 꼿꼿하게 치뜬 아내의 눈을 상상했다. 아내의 촉은 이미 발동했을 것이다. 당신 술 마셨어? 무슨 수작이야?

"집에 들어갈 때 뭐 사갈까? 먹고 싶은 거 없어? 자기?"

남자는 자기, 라는 단어에 신경을 쓰며 말했다. 얼마 만에 부르는 호칭인가. 얼토당토않은 소리에 그냥 넘어갈 아내가 아니었다. 당신 친구한테 돈 빌려줬어? 그랬다간 정말 국물도 없는 줄 알아! 하여튼 집에 들어오기만 해!

"그래, 알았어. 물론이지. 곧 갈게. 있다 봐."

남자는 아내의 날 선 목소리에도 끝까지 평정심을 잃지 않았다.

남자의 친절하고 부드러운 목소리에 윤미는 아빠를 떠올렸다. 아빠는 따뜻하지만 무거운 목소리로 엄마와 이혼을 결정했다고 말했다. 대학 생활을 시작한 지 석 달이 지났을 때였다. 윤미는 적잖이 당황스러웠다. 이혼 때문이 아니었다. 딸을 정신과 검진을 받으러 온 환자처럼 대하는 아빠의 모습 때문이었다. 정신과 의사답게 부부의 위기 상황을 그려낸 뒤 서로를 위한 처방약이 이혼이라고 결론 내렸다. 엄마는 변호사답게 이혼을 결정할 수밖에 없는 이유를 일목요연하게 설명했다. 서로 다른 견해를 밝히면서도 모두를 위한 결정이라고 입을 모았다. 이기적인 부모 사이에서 윤미는 독립하기로 했다. 부모는 성인으로서 현명한 결정을 내린 윤미를 위해 지원을 아끼지 않겠다고 했다. 하지만 아빠는 환자가 아닌 윤미와 상담하지 못했고 엄마는 피고인이 아닌 윤미와 접견하지 못했다. 윤미는 서로에게 시간을 내는 일이 그토록 힘든 일이어야 하는지 이해할 수 없었다. 부모는 자식에 대한 책임과 의무로서 매달 윤미의 계좌에 돈을 입금했다. 아무런 대가 없이 생기는 돈은 그저 숫자에 불과했다. 정작 윤미가 받고 싶은 건 꼬박꼬박 입금되는 돈이 아니라 부모의 관심과 애정이었다. 가슴이 공허해질 때마다 윤미는 자신의 존재에 대한 갈등과 불안감으로 괴로워 우울감에 빠져들었다.

"어느 여편네인지 참말로 부럽네. 쓰러진다, 쓰러져."

뽀글씨는 남자에게 들리도록 크게 말했다. 남자는 성범죄로 흉흉한 세상에 '놈'이 아닌 자신의 존재를 보여준 것 같아 내심 뿌듯했다. 다만, 아내의 오해를 풀어야 하는 아주 큰 과제가 남아 있었다.

"아가씨. 내 딸 같아서 말하는데 일찍, 일찍 다녀. 택시는 번호판에 한글 '아바사자'가 적힌 것만 타고. 나머지는 등록이 안 된 택시라고 하니까. 쉽게 '아빠사자'라고 외워 둬. 혹시 모르니까 호루라기는 들고 다니고 알았지? 에고, 우리 딸내미는 집에 들어왔나 모르겠네. 전화라도 해 봐야지."

뽀글씨가 휴대전화를 꺼내자 마침 트로트 유행가가 울렸다. 뽀글씨는 전화를 받았다.

"어, 형님 어쩐 일이야? … 사윗감이 마음에 안 든다고 하더니만 결국 결혼시키는 모양이네. … 뭐? 임신? 에고, 그새를 못 참고 불을 질렀네, 질렀어. 하긴 속도위반도 혼수라는 세상이잖아. 아이고, 형님, 그것도 벌금 낼 능력이 있는 남자나 가능한 거야. 무턱대고 속도위반을 하면 인간이야? 짐승이지? 안 그래? … 알았어. 만나서 얘기해. 그럼, 들어가요, 형님."

뽀글씨는 통화를 끝내자마자 요즘 세상에는 부끄러운 게 없다고 중얼거렸다. 뽀글씨의 통화를 본의 아니게 들은 남자는 눈을 지그시 감았다. 자신의 속도위반으로 첫째 아이가 태어났다. 벌금을 낼 능력이 없던 남자에게 빛바랜 통장을 내준 사람은 아버지였다. 남자는 첫째 아이의 돌잔치도 못 보고 세상을 떠난 아버지가 문득 보고 싶어졌다. 아버지를 떠올리는 남자 또한 아버지였다. 능력이 없던 남자를 아버지로 만들어 준 건 아이였다. 남자는 아이와 처음 눈을 맞추던 날을 기억했다. 잠자는 아이를 하염없이 보고 있을 때였다. 잠에서 깬 아이가 눈을 뜨고 남자를 말끄러미 응시했다. 아이의 검은 눈동자에 남자는 가슴이 뜨거워졌다. 아이의 새근거리는 숨소리를 들으며 남자는 다짐했다. 능력 있는 아버지가 되기 위해 죽을힘을 다할 것이라고.

뽀글씨는 또 통화 중이었다.

"바빠도 하는 게 연애라더라. 우리 딸내미는 사고 칠 남자도 없이 뭐 하는지 모르겠어. … 왜 늦어? … 남자도 없으면서 늦기는. 일찍 들어와. 요즘 세상이 어떤 세상인데, 믿을 놈 하나 없어. 빨리 들어와! 알았어?"

뽀글씨의 신경질이 섞인 목소리에는 애정이 담겨 있었다. 통화를 끝낸 뽀글씨는 할 말을 다 하지 못한 듯 혼자 중얼거렸다. 윤미의 얼굴에 희미한 웃음이 어렸다.

윤미는 시선을 가로등에 두고 행복한 가족의 모습을 그려 보았다. 지극한 마음을 가진 부모에게 진심 어린 사랑을 받으며 자라는 딸의 모습을 상상했다. 그러다가 알지도 못하는 뽀글씨의 딸과 자신을 비교하자 열패감이 느껴졌다. 조금 서럽고 억울해졌다. 코끝이 맵고 목이

따가웠다.

“저기, 버스 오네. 그럼 조심히들 가요.”

뽀글씨가 배웅하듯 수인사를 건넸다. 남자와 윤미는 얼떨결에 고개를 숙였다. 곧이어 버스가 정류장에서 멈추었다. 뽀글씨가 버스에 올랐다. 버스는 어두운 차도를 밝히며 꽁무니를 빼듯 달려 나갔다.

어둠을 삼킨 거리는 입을 다물어 버린 것처럼 고요했다. 침묵한 듯 소리 없이 안개가 내려앉았다. 오가는 사람이 없어 적적한 거리를 달래듯 가로등이 희뿌연 빛을 밝혔다. 이따금 자동차의 헤드라이트가 검은 도로를 비추었다. 버스정류장의 형광등이 윤미의 부르튼 입술을 비추고 남자의 시야를 밝혔다.

버스가 도착하려면 10분 정도 기다려야 했다. 남자는 하품을 했다. 졸음이 슬금슬금 밀려왔다. 피로는 어김없이 하루가 지나기 전에 몰려왔다. 남자는 피로를 풀기 위해 버스 정류장에서 한 뼘 떨어진 곳으로 갔다. 윤미를 시야에 둔 채 남자는 스트레칭을 시작했다. 뻐근한 목을 먼저 풀어주고 대퇴 근육과 종아리를 늘이는 동작을 했다. 한결 몸이 가벼워지는 것 같았다.

물기를 머금은 듯한 바람결에 윤미는 눈을 지그시 감

고 있었다. 인기척에 윤미는 눈을 뜨고 고개를 돌렸다. 남자의 움직임은 단순하고 느렸으며 일정했다. 어렴풋이 들리는 남자의 호흡 소리에 맞춰 윤미는 숨을 내쉬었다. 그리고 다시 눈을 감았다. 부드러운 숨이 바람에 스며들었다. 입술이 살짝 시렸다.

날 갖고 싶지 않아?

윤미는 눈을 떴다. 어리둥절한 표정으로 주위를 둘러보았다. 남자는 여전히 스트레칭을 하고 있었고 버스정류장에 새로 나타난 사람은 없었다. 소리의 주인이 누구인지 짐작하지 못했다. 윤미가 불안해 보이자 남자는 서서히 동작을 멈추었다. 뭔가 눈치를 챈 것일까. 남자의 신경이 곤두서자 콧잔등에서 땀이 났다. 헛기침이 나왔다. 윤미는 남자의 기침 소리를 들으며 귀는 아무런 이상이 없다는 것을 알았다. 괜스레 귀를 긁적거리며 신경이 조금 예민해진 탓이라 여겼다.

날 갖고 싶지 않아?

다시 소리가 들렸다. 눈을 흡뜬 윤미는 가방을 보았다. 가방은 시치미를 떼듯 잠자코 놓여 있었다. 가방에서 들렸다고 생각하지 않았다. 그러나 가방이었다.

날 갖고 싶지 않아? 네가 가진 가방보다 훨씬 나은 것 같은데.

윤미는 다시 가방을 보았다. 미묘하게 올라간 눈썹과 살짝 벌어진 입술이 마치 이상한 물건이라도 보는 것 같았다.

… 내 것이 아니니까.

윤미는 입을 열지 않았다. 생각만 할 뿐이었다.

내 것이 아닌 것을 갖는 게 세상의 이치야.

… 그런 욕심으로 세상을 살진 않아.

욕심에 따라 세상이 움직이는 거야. 그런 욕심도 없다니. 넌 아무것도 가질 수 없을 거야.

윤미는 점점 우울해지면서 텅 빈 기분이 들었다. 세상에서 가장 미숙한 인간이 되어버린 것 같았다.

형광등 불빛이 윤미를 비추었다. 풀이 죽은 얼굴에 초점 없는 눈으로 어딘가를 바라보고 있었다. 깜빡. 형광등이 깜빡하는 소리를 냈다. 깜빡. 남자가 깜빡거리는 형광등을 보았다. 깜빡. 윤미가 가방을 쳐다보았다. 깜빡. 깜빡. 찰나가 어둠의 조각을 불러들였다. 깜빡. 깜빡. 깜빡. 어둠이 한 줌씩 윤미에게 미끄러지듯 내려앉았다. 깜빡. 깜빡. 깜빡. 깜빡. 윤미가 검은 그림자 속으로 봉해졌다. 깜빡. 깜빡. 깜빡. 까칠한 천 가방을 만지던 손이 자줏빛 가방을 만졌다. 깜빡. 깜빡. 깜빡. 깜빡. 부드러운 가죽의 촉감이 느껴졌다. 아무것도 가질 수 없을 거라니.

"아냐!"

윤미가 앉아 있던 의자를 내리치며 벌떡 일어났다. 남자는 윤미의 소리에 흠칫 놀랐다. 윤미는 뿔이 난 듯 뾰로통한 얼굴이었다. 마음 한 조각이 칼날처럼 번뜩였다. 그것은 주인을 잃은 가방이 아니라 뽀글씨가 딸에게 사주고 싶어 하는 가방이었다. 윤미는 순간 얼굴도 모르는 뽀글씨의 딸을 질투하고 시기하기 시작했다. 그 가방은 본래 주인도, 뽀글씨의 딸도, 아닌 다름 아닌 자신이 가져야 한다고 생각했다. 그래야 열등감에 대한 보상을 받을 수 있을 것만 같았다.

"앗!"

의자 모서리에 튀어나온 철심에 손가락이 찔렸다. 따끔한 충격에 아찔하기까지 했다. 윤미는 다시 의자에 앉았다. 약지에서 피가 났다. 윤미는 피가 나는 손가락을 입으로 가져갔다. 비릿한 피 맛이 입안에 가득히 퍼지며 맴돌았다. 윤미는 피가 묻은 천 가방을 보았다. 퉤. 입안의 것을 내뱉었다. 피와 침이 섞인 덩어리가 눈앞에 떨어졌다. 하아, 날숨이 어디론가 날아갔다. 스읍, 입안으로 차가운 공기가 들어왔다. 윤미는 혀에 남아 있는 그 맛을 찾듯 입맛을 다셨다. 윤미는 다시 손가락의 피를 빨아들였다. 발바닥까지 흐르는 피까지 모조리 빨아들이듯 했다. 퉤. 입안의 것을 내뱉었다. 빨간 꽃잎이 피어나듯 심장이 두근거렸다. 피는 계속 샘솟을 것이다.

윤미는 피가 묻은 천 가방을 개켰다. 한 줌이 된 천 가방을 손아귀에 꼭 쥐었다. 천 가방이 자줏빛 가죽 가방으로 들어갔다. 부드러운 가죽 속에서 빠져나오지 못하게 깊숙이 집어넣었다. 그것은 순식간에 벌어진 일이었다. 윤미는 가방을 어깨에 둘러멨다. 가방은 어깨 깊숙이 들어가 쉽게 빠져나오지 못했다. 겨드랑이 속으로 가방이 들어갔다. 겨드랑이는 깊게 패 너덜너덜해진 것 같았다. 윤미는 남자 옆을 지나쳐 버스정류장을 빠져나갔다. 왠지 모를 긴장과 흥분감에 걸을 때마다 높은 계단을 오르듯 숨이 찼다. 저만치 버스가 달려오고 있었다.

남자는 스트레칭을 멈추고 기우뚱하게 서 있었다. 자줏빛 가방을 메고 어두운 거리를 나서는 윤미의 뒷모습을 보았다. 어디론가 떠밀려가는 듯한 걸음이 위태로워 보였다. 깜박이는 형광등 아래서 남자는 윤미를 가로막지 못했다. 묵묵히 지켜보는 것 외에 남자가 할 수 있는 건 없었다. 윤미에게서 눈을 떼지 않고 주의를 기울였던 남자는 혼란스러웠다. 요컨대 오른손이 한 일을 왼손이 모를 수 없었다. 보호 대상자라는 사실조차 모호했다. 윤미의 모습이 가방을 훔쳐 가는 자와 다름없다는 생각이 들어서였다. 행동만으로는 성급하게 판단할 수 없지만 왠지 볼 장 다 본 같아 낯이 뜨거웠다. 남자는 윤미가 어떤 사람인지 종잡을 수 없어 황망한 심정이었다. 그때였다. 윤미가 타야 할 버스가 지나갔다. 윤미는 버스에 조금도 눈길을 주지 않은 채 걷기만 했다. 잠시 후, 차도에서 짧은 경적이 울렸다. 윤미는 걸음을 멈추고 고개를 돌렸다. 손을 들자 택시가 멈추었다. 윤미는 택시에 몸을 실었다. 쾅. 택시 문이 닫히는 순간 남자의 팔뚝에 진저리 같은 전율이 번져 나갔다. 택시의 둔중한 엔진 소리가 어둠 속에서 점점 멀어져갔다. 남자는 시야에서 윤미가 보이지 않자 새삼 보호 대상자라는 것을 깨달았다. 윤미를 찾아 뒤쫓아 가야 했다. 거리에는 인적이 끊겨 적막함이 흘렀다. 멀리서 헤드라이트 불빛이 어둠을 삼키며 달려오고 있었다.

남자를 태운 택시는 거침없이 차도를 달렸다. 남자를

쫓는 이는 없었다. 하지만 남자의 숨소리는 거칠었다. 시속 120km가 넘는 속도로 내달렸지만 윤미를 태운 택시는 보이지 않았다. 남자가 조급해하며 입술을 씹고 있는데 3차선을 가던 승용차가 갑자기 불법 유턴을 했다. 1차선에서 주행하던 택시가 급브레이크를 밟는 동시에 경적을 길게 울렸다. 남자의 뒤통수가 의자 머리 받침에 부딪혔다.

"저 새끼가! 미쳤나!"

택시 기사의 욕에 남자는 입속에 담고 있던 숨을 턱 내뱉었다. 불현듯 그날이 떠올랐다.

자정에 가까운 시간이었다. 홈쇼핑에서 값비싼 가방을 보며 예쁘다, 들고 다니면 좋겠다, 입이 마르도록 감탄하는 아내를 보며 남자는 낮은 소리로 미쳤다고 말했다. 도대체 저런 비싼 가방이 왜 필요해? 저런 방송도 다 과소비를 권장하는 거야. 경제가 어렵다는데 말이야. 쯧. 남자는 혀를 찼다. TV 앞에 있던 아내가 오도카니 남자를 보았다. 남자는 아내의 싸늘한 눈빛에 무슨 말이라도 해야 할 것 같았다. 뭘 그렇게 쳐다봐? 아내는 말없이 입술에 힘을 주고 있었다. 왜? 뭐? 남자는 방귀 뀐 놈이 성질내는 격으로 쏘아붙였다. 미쳤다고? 화를 누르는 듯한 목소리는 낮고도 무거웠다. 남자가 우물쭈물하고 있는 사이에 아내가 다시 입을 열었다. 내가 가방 사달라고 했어? 예쁘다, 들고 다니면 좋겠다, 이 말이 그 말이잖아? 남자의 주름진 미간은 펴지질 않았다. 그럼, 당신한테 내가 그 정도도 안 되는 여자야? 아들 학예회가 코앞이야. 다른 엄마들 유치원에 어떻게 하고 오는지 못 봤어? 못 봤냐고! 아내의 얼굴에 눈물이 흐르고야 말았다. 이사 온 뒤로 두 번째 눈물이었다. 1톤 트럭에 세간을 싣고 이사를 온 집에서 아내는 세탁기 앞에서 울었다. 세탁기 놓을 자리가 없다며.

택시는 진공청소기의 먼지처럼 빨려가듯 터널로 들어갔다. 늦은 밤이라 터널을 통과하는 차량은 많지 않았다. 기사는 가속페달을 밟으며 환한 터널을 달렸다. 터널 안을 밝히는 조명이 남자의 머리 위로 쌩쌩 지나갔다. 터널을 통과하는 동안 남자의 머릿속에서 지워지지 않는 건 아내의 얼굴이었다. 터널을 빠져나와 차도의 어둠을 마주하는 순간, 남자는 아내에게 가방을 선물하고 싶었다. 눈앞에 자줏빛 가방이 아른거렸다. 분명 주인을 잃은 가방이었다. 윤미가 가방을 갖기 전 혹은 가방 주인을 찾아 주기 전에 가방을 손에 넣어야 했다. 남자는 휴대전화로 윤미의 주소를 확인했다.

"안락동 편한 빌라로 갑시다. 무조건 빨리! 돈은 더 쳐 줄 테니까."

택시 기사는 가속페달을 밟는 오른발에 힘을 주었다. 엔진이 으르렁거리는 소리를 냈다.

무턱대고 속도위반을 하면 인간이야? 짐승이지? 뽀글 씨가 했던 말을 남자는 곱씹었다. 본능에 따라 먹잇감이 무엇인지 아는 게 짐승이다. 짐승은 먹잇감이 걸려들기를 기다린다. 일 분이라도 먼저 도착해야 한다. 윤미가 메고 있는 가방을 낚아채면 그만이다. 누구도 도둑이라고 외칠 자격은 없다. 엄연히 주인을 잃은 가방이다. 남자는 마른 침을 넘기면서 생각했다.

"분명 먼저 도착했을 거요. 없는 길을 만들어 왔으니."

택시 기사는 웃돈을 챙기며 호기롭게 말했다. 남자는 지갑에 남은 돈을 보며 어금니를 힘주어 물었다.

남자는 경계하는 눈빛으로 주변을 날렵하게 훠감아 돌아보았다. 편한 빌라로 들어가는 길은 어둡고 길었다. 가로등의 불빛이 낭떠러지에서 떨어질 듯이 매달려 있었다. 달빛조차 없는 하늘에는 어둠의 무리가 스멀거렸다. 남자에게 방해될 요건은 보이지 않았다. 남자는 운동화

끈을 조여 묶었다.

길목 입구에 택시 한 대가 멈췄다. 흡. 남자는 숨을 들이켰다. 잰걸음으로 전봇대 뒤로 몸을 숨겼다. 윤미가 택시에서 내렸다. 자줏빛 가방은 윤미의 오른쪽 어깨에 걸려 있었다. 남자는 발바닥에 힘을 주고 날카로운 눈으로 주변을 살폈다. 어둠이 고인 길목에 사람은 찾아볼 수 없었다. 윤미는 남자가 있는 쪽으로 걸어오고 있었다. 남자는 조용히 호흡을 가다듬고 걷기 시작했다. 최대한 간결하고 자연스럽게 걸었다. 긴장감이 온몸을 한데 묶고 있었다. 윤미와 간격이 점점 좁혀져 갔다. 남자는 뱃가죽에 힘을 주고 손목을 돌렸다. 윤미의 안면 윤곽이 보이자 남자는 고개를 살짝 숙였다. 가로등 불빛이 비치지 않는 곳에서 지금, 이라고 느끼는 순간이었다. 남자가 있는 힘껏 윤미를 밀었다. 태권도 사범답게 뒤통수만큼은 깨지지 않도록 요령껏 밀었다. 중심을 잃은 윤미는 바닥에 나가떨어지듯 옆으로 넘어졌다. 입을 크게 벌렸지만 목소리는 나오지 않았다. 치맛자락이 올라가 윤미의 하얀 다리가 드러났다. 윤미는 넘어지는 자리를 보느라 남자의 얼굴을 보지 못했다. 윤미의 발치에 가방이 떨어져 있었다. 가방 포착. 남자가 재빨리 가방을 향해 손을 길게 뻗었다. 직감적으로 남자의 행동을 알아챈 윤미는 가방을 향해 와락 달려들었다. 그 순간 남자의 얼굴을 확인했다. 윤미는 살짝 놀라 멈칫했다. 남자는 윤미의 시선을 느꼈지만 눈길을 주지 않았다. 자신에게 주어진 사수의 대상은 윤미가 아니라 가방이었다. 윤미는 남자로부터 가방을 지켜내야 한다는 생각이 들었다. 대상을 사수하는 데 있어 가장 중요한 비결 중의 하나가 건강한 신체였다. 남자는 윤미보다 훨씬 더 유리한 신체조건을 갖고 있었다. 손아귀에 가방을 넣은 남자가 달리기 시작했다. 윤미는 충격에 빠져 아무 말도 하지 못하고 멍하니 달려가는 남자의 뒷모습을 보고만 있었다. 바닥에 쓸린 무릎과 팔꿈치와 손바닥이 쓰라리고 발목이 시큰거렸다. 시야에서 남자의 모습이 점점 사라져갔다. 그제야 윤미는 있는 힘껏 소리를 질렀다.

"야!"

어둠이 요동칠 정도로 소리는 크고 길었다.

남자는 가방을 들고 어디로 향하는지도 모른 채 뛰기만 했다. 셔츠가 땀에 젖어 몸에 달라붙었다. 달리는 속도보다도 더 빨리 심장이 질주하는 것 같았다. 숨이 차올랐지만 달리는 것을 멈출 수 없었다. 남자는 가방은 윤미의 것이 아니라고 되뇌었다. 바람이 입안으로 몰아치듯 들어왔다. 입안이 바싹 타들어 가는 것 같았다. 보호 대상자가 집까지 들어가는 것을 확인하지 않았다. 임무 수행을 하지 못한 경호원은 어떠한 질책이라도 받아야 할 것이다. 어쩌면 다른 알바 자리를 구해야 할지도.

차가운 밤공기가 어둠을 깎아내리고 있었다. 진원지를 알 수 없는 통증이 고개를 쳐들었다. 힘이 솟구치는 통증은 푸른 혈관을 타고 전속력으로 돌아다녔다. 남자는 빠개질 듯한 가슴을 움켜쥐며 아내에게 선물할 가방을 쳐다보았다. 남자의 입가에 스르르 웃음이 번져갔다.

이해 불가능한 시도

엄마가 집을 나갔다는 전화를 받았을 때 혜란은 흡연실에서 피어오르는 담배 연기를 보고 있었다. 뿌옇게 솟아오르는 담배 연기는 희미한 바람을 타고 어디론가 사라졌다. 혜란은 카페에 앉아 흡연실과 연결된 야외 테라스 너머를 우두커니 보았다. 미세먼지로 뒤덮인 하늘에 띠를 두른 구름이 떠 있었다. 긴 생머리 여자가 담배를 피우는 동안 혜란의 혼탁한 상념이 타오르고 흩어졌다. 여자는 긴 머리를 쓸어 넘기며 흡연실을 나왔다. 그러자 옆자리에 있던 단발머리 여자가 작은 파우치를 들고 자리에서 일어났다.

혜란은 전화를 끊고 나서 엄마에게 전화를 걸었다. 휴대폰 단축번호 1번에 저장된 이름을 멀거니 보았다. 언제나 내 편. 전화기가 꺼져 있다는 안내 음성이 되돌아왔다. 다시 통화 버튼을 눌렀다. 어김없이 전화기가 꺼져 있다는 음성 메시지만 들려왔다.

어쩌자고 정말.

입술이 마르고 가슴이 갑갑했다. 혜란은 식어 버린 커피잔을 들었다. 누구에게 연락할지 어디로 찾아갈지 생각하면서 한 모금 마시다가 사레에 걸렸다. 기침이 올라왔다. 이윽고 눈물이 고였다. 일주일 전에도 눈물이 났다. 엄마 집에 간 날이었다.

언제까지 이럴 거야?

엄마가 식탁으로 애호박나물을 가지고 오면서 말했다.

뭐가?

반찬통에 두루치기와 두부조림을 담고 있던 혜란이 고개를 들었다. 엄마의 눈빛은 단호했고 굳게 닫힌 입매는 강단 있어 보였다.

왜 그래? 갑자기.

혜란은 뭔가 불안했다. 곤혹스러운 상황이 벌어질 것 같은 예감이 들었다.

갑자기가 아니다. 오늘에서야 입이 떨어진 거지.

엄마는 나직한 목소리로 대답했다. 혜란은 엄마의 눈치를 보며 다음 말을 기다렸다.

맛이 있든 없든 뭐라도 만들어 봐야지. 언제까지 내가

해줄 수 있는 일이 아니니까 하는 말이다. 안 그래?

엄마는 채근하고 타이르다가 동의를 구하는 방식으로 말을 맺었다. 잠깐 정적이 흘렀다.

입술을 샐쭉거리던 혜란의 얼굴은 점점 굳어져 가고 있었다. 음식을 만들어 볼게, 라고 대답할 수도 있었다. 그러나 이미 여러 가지 생각에 사로잡혀 감정이 복잡해진 터였다.

그런 말 하지 마.

정적을 깨어버린 것은 이도 저도 아닌 말이었다. 혜란은 말을 끝내고서야 알았지만 더는 입을 열지 않았다. 갑자기가 아니라 내도록 하고 싶은 말이었다니. 혜란은 번번이 반찬을 가져다 먹으면서도 언제까지 엄마가 해줄 수 있는 일이 아니라는 생각을 못했다. 왜 그랬을까. 답을 구하면서 한꺼번에 많은 감정이 들이닥쳤다. 만감이 교차한 뒤에 찾아온 상실감과 공허함을 감당하기가 버거웠다. 가슴뼈 안쪽이 저릿하더니 끝내 눈물이 솟고 말았다.

참… 눈물도 싸다. 내가 뭐라 했다고 울어, 울긴. 이래서 무슨 말을 하겠어.

엄마의 짜증 섞인 목소리에도 눈물은 좀처럼 멈추지 않았다. 엄마가 해야 하는 말, 하고 싶은 말, 하지 않은 말들을 가늠해보았다. 두렵고 겁이 났다. 혜란은 어떻게 해야 할지 몰라 망설이고 있었다. 현관 앞에 덩그러니 놓여 있는 장바구니를 보았다. 엄마가 해준 반찬이 빼곡하게 들어 있었다. 혼자 나가서 산 지 삼 년이 넘어가고 있었다. 헤아려 보면 반찬뿐만이 아니었다.

언제나 내 편.

도대체 어디로 갔을까. 혜란이 손등으로 눈물을 훔치다가 자리에서 벌떡 일어났다. 하지만 막상 어디로 가야 할지 몰랐다. 엄마가 갈만한 곳이 떠오르지 않았다. 믿고 싶은 대로 남아 있는 기억마저 흐트러져 버렸다. 혜란은 어떻게 해야 할지 당황스러웠다. 그때였다. 손에 든 전화가 진저리를 쳤다. 황급히 전화를 확인했다. 인애였다. 커피 주문하고 이 층으로 올라갈게. 혜란의 입에서 짧은 탄식이 흘러나왔다. 인애와 만나기로 한 것을 잠시 잊고 있었다. 혜란은 풀썩 주저앉았다.

인애는 바로 흡연실로 들어갔다. 선 흡연 후 커피. 이곳을 즐겨 찾는 흡연자의 불문율이었다. 인애가 주문한 커피를 자리에 내려놓고 가방에서 파우치를 꺼내는 동안 혜란의 기분은 조금 나아졌다. 인애가 남기고 간 싱그럽고 부드러운 향기 덕분이었다. 때때로 사소한 것들이 마음을 다독여주기도 했다. 혜란은 인애와의 시간을 버틸 수 있을 것 같았다. 흡연실에서 인애는 왼손으로 담배를 피웠다. 길게 내뿜은 연기는 어디론가 사라졌다. 혜란은 뜨거운 숨을 길게 내쉬었다. 정오가 조금 지난 시간이었다.

흡연실 앞에 붙여진 문구가 시선을 끌었다. 미성년자 흡연 금지. 적발 시 학교로 CCTV 전송. 누군가가 웃었다. 헛기침처럼 터져 나온 웃음이 혜란의 귀를 사로잡았다. 건너편 자리였다. 세 명의 여자가 앉아 있었다. 앳된 모습이었으나 입이 걸었다.

개소리하고 있네. 좋아하는 것보다 잘하는 일을 해야지 돈 버는 거야. 이 븅신아.

개빡치네. 네가 뭘 안다고 그래?

다들 그만해. 얼굴에 똥 처바르기 전에. 왜 이렇게 엉망진창이야.

그들의 날 선 목소리를 들으며 혜란은 커피잔을 움켜쥐었다. 빰이 달아오르는 듯했다.

눈앞이 캄캄해지도록 일그러진 얼굴, 머리채를 당기는 듯한 목소리, 날카로운 손톱을 움켜쥔 두 손, 물그림자가 어룽진 눈빛은 엄마의 것이었다. 대낮같이 환했던 한밤의 기억이 떠올랐다.

도대체 어쩌자는 거야? 맨날 방구석에 처박혀서. 평생 이러고 혼자 살 거야? 내가 참다 참다가 숨이 막힐 것 같아서 그런다. 제발 남들처럼 살아. 나이 먹는 거 금방이다. 직장도 다시 구해 보고 좋은 남자랑 결혼도 하고 애도 낳고. 그렇게 평범하게 살면 안 되겠어? 응?

엄마의 가시 돋친 말이 쏟아졌다. 혜란은 아프지 않았다. 어떤 감각이 무뎌지고 마비되어 가는 일에는 손을 쓸 수가 없었다.

혜란은 뒤늦게 발동 걸린 인생을 살고 있었다. 잘 다니던 회사를 그만두고 구상해서 쓴 시나리오가 공모전에서 수상을 했다. 한 편의 단편 영화가 만들어지자 작품에 대한 주목과 격려는 동기부여가 되었다. 학생들에게 시나리오 창작에 대해 강의를 하면서 강단에 서기도 했다. 하지만 거기까지였다. 매일 일을 하지만 돈은 없고 일에 대한 성과는 구체적으로 드러나지 않았다. 문제점은 많았지만 그렇다고 해결할 능력이 있는 것도 아니어서 그저 일을 계속할 뿐이었다.

쉬운 일이 아니라는 거 잘 안다. 그 일을 하는 사람이 정말 대단하다고 생각해. 그런데 누구도 아닌 네가 그 사람이라는 사실이 너무 속상하다. 네 얼굴을 보는 게 힘들 정도야. 이런 엄마 심정을 조금이나마 이해해 주면 안 되겠니?

엄마는 숨을 길게 내쉬었다. 혜란은 문득 더없이 외로워졌다. 혼자가 아니라고 생각했는데 혼자였다. 언젠가는 해야 할지도 모른다고 생각했던 말을 해야 할 것 같았다. 외로움이 지독해져서 자신감을 잃기 전에 말해야 했다.

엄마, 나도 정말 힘들어. 그래서 말인데… 이제 그만 나가서 살게.

혜란은 손등에 난 푸른 핏줄을 보면서 말했다. 엄마의 시선이 고스란히 이마로 느껴졌다. 혜란은 엄마 얼굴을 볼 수 없었다. 서로 이해할 수 없는 간격은 생각보다 크게 다가왔다. 다리에 힘이 빠진 엄마는 벽에 손을 짚고서야 방을 나갔다.

혜란은 목구멍으로 그날의 감정이 차오르는 것 같았다. 입안으로 올라오는 감정을 애써 삼키고 숨을 골라야 했다. 인애가 자리에 앉아서 말문을 연 채 혜란을 보고 있었다. 공기는 무겁고 밀도가 높았다.

후회라니?

혜란이 되물었다.

날 만난 걸 후회할 수 있겠다 싶어서.

인애는 말을 끝내고 에스프레소를 마셨다. 푸른색에 빗살무늬가 돋보이는 잔이었다. 혜란은 빗살처럼 촘촘히 일어나는 감정을 느꼈다.

그건 좀 성급한 판단 같은데.

인애와의 만남에 있어서 후회가 한 걸음 앞서 나가서는 안 될 일이었다.

이십 년 만에 인애를 만난 곳은 피부과였다. 시내에서 입소문 난 병원이었다. 팔에 오돌토돌 붉은 발진이 일어나 피부과에서 진료를 받고 로비로 나올 때였다. 우연찮게 서로 얼굴이 마주쳤다. 놀란 기색을 먼저 보인 것은 인애였다. 인애는 반갑다며 덥석 손을 잡고 흔들었다. 혜란 역시 인애를 알아보았다. 눈가의 까만 점이 여전했다. 불편한 기색 하나 없는 인애의 얼굴을 혜란은 신기하게 쳐다보았다. 다 잊은 걸까. 하긴 이십 년도 지난 일이니까. 혜란은 살며시 손을 놓았다. 그렇다면 마음이라도 불편했을까.

요즘 기억력이 정말 안 좋은데 네 얼굴을 보자마자 알아봤다는 거 아니니. 넌 어쩜 하나도 안 변했니? 여기서

널 만나게 될 줄 누가 알았겠어.

혜란은 언젠가 귓등으로 들었던 엄마의 말이 불쑥 생각났다. 얼음이 녹았는데도 물 양이 하나도 안 변했네. 그대로야. 참 신기하지. 그때는 무엇이 신기하다는 건지 몰랐는데 어렴풋이 알 것 같기도 했다.

인애는 진료실을 가리키며 남편이라고 했다. 혜란이 진료를 받은 의사였다.

아, 뭐지? 뭐였더라? 잠깐만 생각 좀 해 볼게.

혜란은 허둥대는 인애를 말없이 쳐다보았다.

아, 도저히 생각이 안 나네. 그런데 너 이름이 뭐였지?

혜란의 입은 좀체 열리지 않았다. 어떻게 이름을 잊을 수 있을까. 인애는 이름을 알려 달라며 다시 손을 잡았다. 인애의 입꼬리가 올라가자 눈가의 점이 또렷해지는 것 같았다. 또다시 꼼짝할 수 없는 궁지에 몰린 듯했다.

어, 혜란이.

혜란은 대답을 하고 나서 혀를 지그시 깨물었다. 인애의 말을 곱씹었다. 하나도 변하지 않은 것인가. 머릿속에서 맴도는 말들이 혀뿌리에 남아 있었다. 인애는 조만간 커피나 한잔하자며 혜란의 연락처를 받았다. 혜란은 남편의 진료실로 들어가는 인애를 보았다. 눈앞에서 인애가 사라지자 불현듯 오한이 든 것처럼 온몸이 떨려왔다. 혜란은 로비에 붙어 있는 사진을 뚫어질 듯 쏘아보았다. 인애의 남편은 팔짱을 낀 채 환하게 웃고 있었다.

혜란은 인애가 잡았던 손을 보았다. 손에는 손바닥이 있고 손가락이 있고 주먹이 있다. 때릴 수 있고 찌를 수 있고 칠 수도 있다. 혜란은 무엇을 어떻게 사용해야 할지 수없이 고민했다. 그 사실을 인애는 모를 것이 분명했다.

어제 의사랑 얘기하는데 그런 생각이 들더라고.

혜란은 물끄러미 인애를 보았다. 인애는 심리 상담과 정신과 약물치료를 받고 있다고 했다. 열 살 많은 남자와 결혼하고 삼 년이 지나도 아기가 생기지 않아서 이 년간 일곱 번의 시험관 시술을 했지만 임신의 축복은 없었다. 인애는 나지막이 덧붙였다. 고자 새끼, 바람만 안 피웠어도.

그런 생각이라니?

좋은 친구가 아니라는 생각.

인애는 아무렇지도 않게 태연한 얼굴로 말했다.

그래, 좋은 친구는 따로 있지.

혜란은 저도 모르게 입가에 웃음이 어렸다.

그래도 우리 같이 비디오 볼 때는 좋았잖아?

인애는 대뜸 혜란에게 동조를 구했다. 혜란은 아무 말 없이 커피잔을 들었다. 돌이켜보면 모든 일은 비디오로부터 시작되었다.

열네 살 겨울, 인애는 혜란이 사는 골목 안쪽 집으로 이사를 왔다. 유난히 추웠던 어느 오후였다. 혜란이 친구들과 고무줄놀이를 끝내고 오는데 골목 입구에서 인애를 만났다. 손에 라면 봉지를 들고 있던 인애는 집 밖으로 잘 나오지 않는 새침데기였다. 얼굴이 꼭 엄마를 닮아서 야하게 생겼지 뭐야. 동네 아줌마들이 음흉하게 웃으며 수군거리곤 했다. 혜란이 집으로 들어가려는데 인애의 목소리가 발길을 잡았다.

우리 집에 갈래? 비디오 있는데.

혜란은 인애를 쳐다보다가 눈가에 있는 점을 발견했다. 컬러TV는 어느 집에나 다 있었지만 VCR은 드물던 시절이었다. 극장이 아닌 집에서 마음대로 영화를 볼 수 있다는 것은 그야말로 '대박'이었다.

비디오 뭐?

혜란은 들뜬 마음을 숨기고 물었다. 비디오 가게에 붙여져 있던 영화 포스터들이 떠올랐다.

장국영 있는데.

인애의 대답은 새까맣고 작은 점만큼이나 선명했다. 혜란은 까만 점을 보다가 초점이 흐려지기도 했다.

그래.

세상에 장국영이라니. 혜란은 생각이 증발한 듯 다른 생각이 나지 않았다.

인애의 집에 들어가자 혜란은 이모의 자취방에서 맡은 냄새가 난다고 생각했다. 화장품과 향수 그리고 알싸한 냄새가 섞여 미묘했다. 다양하고 환상적인 상상을 펼칠 수 있게 하는 그런 냄새였다. 인애가 라면을 끓이는 동안 혜란은 거실에 앉아 집안을 빙 둘러보았다. 아버지의 자리가 없다는 것과 엄마의 손길이 부족하다는 것을 알아챘다.

앉은뱅이 반상에 앉아 냄비 뚜껑에 라면을 덜어 먹으면서 본 것은 〈아비정전〉이었다. 영화가 무슨 이야기인지 제대로 알지 못했다. 하지만 라면이 코로 들어가는지 입으로 들어가는지 모를 정도로 눈을 떼지 못했다. 영원한 일 분에 마음이 설레고, 발 없는 새에 가슴이 먹먹하고, 팬티를 입고 추는 맘보춤에 즐거웠다. 영화가 끝나고도 꺼진 화면을 한참 동안 응시했다. 홀로 필리핀의 숲길을 걸어가던 장국영의 뒷모습이 잔상으로 남았다.

커피 한잔 마실래?

커피를 내미는 인애의 모습이 제법 성숙하게 보였다. 혜란은 작은 꽃들이 피어 있는 잔을 어색하게 받아 들었다. 뜨거운 김을 날리고 난 뒤 커피를 마셨다. 입안에 부드러운 커피 맛이 퍼지고 설탕의 달콤함이 혀를 감싸면서 온몸이 나른해지는 기분이 들었다.

어때?

커피잔을 든 인애가 새끼손가락을 뻗은 채 물었다.

어른이 된 것 같아.

혜란은 커피를 마시며 영화 속 주인공을 떠올렸다.

커피잔을 비운 인애가 방에서 뭔가를 들고 나왔다. 손에 쥔 것은 담배와 지포 라이터였다. 인애는 창문을 열고 보란 듯이 담배를 입에 물었다. 딸깍 하고 지포 라이터를 열었다. 라이터로 불을 붙이자 담배가 타들어 갔다. 선홍빛 입술이 내뿜는 희뿌연 담배 연기가 창밖으로 퍼져나갔다. 가늘고 긴 손가락 사이에 끼워진 담배가 타들어 가자 인애는 담뱃재를 털어내었다. 그 모습을 혜란은 멍하니 쳐다보았다. 담배 연기가 네 번 정도 피어올랐을까. 인애가 피우던 담배를 재떨이에 비벼 껐다

자, 너도 해 봐.

인애가 담배를 하나 건넸다. 혜란은 눈치를 살피며 잠자코 있었다. 아버지도 피지 않는 담배였다. 엄마는 평소 냄새에 민감하게 반응했다. 담배를 피우고 난 뒤에 어떤 결과가 초래될지 두려웠다. 인애는 다시 담배를 피우더니 혜란에게 연기를 내뿜었다. 혜란은 담배 연기를 손바람으로 날려 보냈다. 인애가 웃으며 피우던 담배를 혜란에게 내밀었다. 한참 머뭇거렸지만 인애의 손을 거부하지 못했다. 혜란은 조심스레 오른손으로 담배를 쥐었다. 라이터를 든 인애가 왼손이 더 예쁘다고 했다. 담배를 왼손에 쥐고 입에 물었다. 한 모금 빨아 당기자 머리가 핑 돌더니 기침이 계속 나왔다. 하도 많이 해서 헛구역질이 날 정도였다. 목이 헐어버릴 것 같았다. 인애는 낄낄 웃으며 담배를 껐다.

왜 담배를 피우는 거야?

혜란이 꺼진 담배꽁초를 보며 물었다.

엄마한테 나는 냄새가 싫어서.

무슨 냄새인지 궁금했지만 혜란은 묻지 않았다. 인애 엄마의 모습을 떠올리며 그저 짐작할 뿐이었다.

담배를 피우면… 이상하게 엄마가 좀 덜 밉기도 하고.

엄마를 미워하지 않으려고 담배를 피다니. 흡연하는

이유 중에서 가장 슬픈 말이라는 생각이 들었다. 인애는 엄마의 머릿속이 고장 났다고 말했다. 가게 매상에 신경 쓰지 않고 늘 다른 걱정으로 하루를 사는 것 같다며 고개를 저었다. 가게에 손님이 없는 것 같은데 용돈은 오히려 늘었다고도 했다. 그래서 막연하게 아버지라는 사람이 있을 수도 있겠다는 생각이 든다며 피식거렸다. 무심한 표정으로 창밖을 보는 인애의 모습이 조금 안쓰러웠다.

그 밤은 잠들기가 쉽지 않았다. 천장에는 정돈된 머리에 잘 다려진 셔츠를 입고 삐딱하게 서서 담배 피우는 장국영의 지친 얼굴이 그려졌다. 한참 천장을 들여다보는데 인애가 떠올랐다. 입에서 커피와 담배 맛이 났다. 혜란은 일어나 양치를 했다. 하루의 기억이 치약 거품처럼 부풀었다. 양칫물로 수없이 입을 헹궜다. 물을 두 잔 마시고 얼마간 뒤척이다가 뭔가를 떨쳐내지 못한 채 잠들었다.

그날 이후 혜란은 장국영에 대한 마음이 애틋해져 갔다. 그 마음을 인애에게 털어놓은 뒤부터 혜란은 조금 바빠지기 시작했다. 하루가 멀다 하고 인애 집에 가서 장국영이 나오는 영화를 보았고 인애의 숙제를 대신 해주었다. 혜란은 피곤했지만 장국영을 볼 수 있다는 것만으로 견딜 수 있었다. 인애가 장난스럽게 장국영 마누라라고 놀리듯 부르면 혜란은 왠지 기분이 좋아졌다. 그럴 때면 인애는 사소한 것들을 혜란에게 부탁했다. 이를테면 담배 좀 사다 줘, 같은.

따지고 보면 네가 시나리오를 쓰게 된 것도 내 덕분 아냐?

인애는 슬며시 한쪽 입꼬리를 올리며 웃었다. 또다시 꼼짝할 수 없는 궁지에 몰리지 않겠다고 혜란은 수없이 다짐했었다.

맞아. 따지고 보면 내가 정학을 당한 것도 네 덕분이지.

혜란은 최대한 흔들림 없이 차분하게 말했다. 인애가 눈썹을 위로 추켜세웠다. 팔꿈치가 탁자에 부딪히는 소리가 쿵, 하고 났다.

너도 참… 고작 그 말이 하고 싶었던 거야?

인애는 턱을 괴고 앉아 혜란을 노려보았다.

난 그때 네가 왜 그랬는지 알고 싶은 것뿐이야.

혜란은 인애의 시선을 피하지 않고 마주했다.

대체 뭘 알고 싶다는 거야? 난 분명히 사실을 말한 것 같은데. 네가 담배 피우는 것을 본 적 있다고.

보이는 사실은 보이지 않는 진실과 엄연히 다른 의미를 가진 단어였다. 사실에 대한 소문은 꼬리에 꼬리를 물고 휘황찬란한 색깔까지 입혀져 멋대로 돌아다녔다.

네 담뱃갑을 내 가방 속에 넣은 것으로도 모자라서 그런 말까지 한 거야?

미간에 점점 힘이 들어갔다. 혜란은 그날의 감정에 휩싸여 가는 것 같았다.

내 담뱃갑이라니?

인애는 황당하다는 듯 쳐다보았다. 혜란은 주먹을 움켜쥐었다.

그거 내가 너한테 사다 준 담배였잖아.

혜란은 사력을 다해 말했다. 인애는 골똘히 생각하는 것처럼 눈을 질끈 감았다가 떴다.

너 차라리 소설 쓰는 게 낫겠다. 거짓말이 아주 그럴듯해. 모욕적인 농담 같기도 하고. 뭐 그런다고 달라지는 건 없겠지만.

그 어떤 말도 개운치가 않았다. 거짓말과 농담으로 소설의 가치를 떨어뜨리는 인애의 말이 모욕적으로 느껴졌다.

난 진실에 대해 말하고 있는 거야.

혜란은 허리를 곧추세우며 반듯한 자세로 말했다. 그

러자 공기의 궤적을 뚫고 그림자 같은 기억이 찾아들었다. 이내 눈꺼풀이 살짝 떨렸다.

나도 사실을 모를 정도로 미치진 않았어.

인애는 짐짓 웃어 보였다. 그리고 끝내 거짓말과 농담이 겨냥하는 진실을 보려고 하지 않았다. 그저 자신이 굳건히 믿고 있는 사실만 말할 뿐이었다. 인애는 할 말이 있다는 듯 입술을 달싹였다.

그것도 병인가? 과거에 집착하는 거 말이야. 슬프고 불행한 것도 질병이래. 신경전달물질의 불균형 때문이라 하더라고. 너도 약을 좀 먹어 봐. 나도 약 처방 받고 확실히 나아졌거든. 여전히 참을 수 없을 정도로 남편이 미운데 이제는 뭐 상관없어. 내 기분이 좀 좋아졌으니까. 행복한 기분에 만족하면서 살기로 했어.

혜란으로서는 무의미하거나 이해하기 힘든 말이었다. 고통스러운 삶을 살면서 고통스러워하지 않다니. 인애가 받은 처방에 의한 또 다른 증상이 아닌가 싶었다. 혜란은 마음이 편치 않았다. 비스듬히 기대앉아 있는 인애에게 엄마의 안부를 물었다. 인애는 심드렁한 표정을 짓더니 돈 많은 애인이랑 노인과 바다가 많은 부산에서 아주 잘 살고 있다며 능청스럽게 대답했다. 그리고는 파우치를 챙겨 자리에서 일어나더니 돌아서서 혜란을 쳐다보았다.

참, 그날 학교에서 너희 엄마를 봤어.

예상치 못한 말에 놀란 혜란은 목이 바짝 타는 듯했다.

교무실 문 앞에서 마주쳤는데 나를 빤히 쳐다보더라고. 경멸하는 눈빛으로. 지금 너처럼. 졸라 재수 없게.

인애는 무표정하게 말하다가 인상을 찌푸리며 고개를 돌렸다. 순간 혜란은 인애의 등짝을 밀쳐버리고 싶어서 일어났다. 하지만 흡연실로 가는 인애의 뒷모습을 보고서 걸음을 떼지 못했다. 필리핀으로 생모를 보기 위해 갔다가 만나지 못하고 돌아서 걸어가는 장국영의 뒷모습이 떠올라서였다. 절대 뒤돌아보지 않겠다는 의지의 걸음까지.

흡연실에서 인애는 팔짱을 낀 채 담배를 피웠다. 머리 위로 길게 내뿜는 것은 담배 연기가 아니라 날숨이었다. 혜란은 이상하게 기분이 개운해졌다. 그제야 한 시절의 마침표를 찍은 것 같았다. 인애가 앉았던 자리를 물끄러미 보았다. 하지 못한 말 혹은 하고 싶은 말이 머릿속에서 싹을 틔우고 있었다.

네가 행복한 기분으로 살면 좋겠어. 그러다 부끄러운

기분이 들면 그날을 떠올렸으면 좋겠어. 그날 일이 생각나면 온종일 마음이 무거웠으면 좋겠어. 나는 그런 너를 보고 싶은 것뿐이야.

그렇게 혜란은 다시는 영영 못 볼 것 같은 인애와 헤어졌다. 눈부신 해가 흰색인지 붉은색인지 이해할 수 없는 한낮이었다.

도심의 건물은 미세먼지에 둘러싸여 있었다. 매끈한 아스팔트를 달리는 차들은 배기가스를 내뿜고 사람들은 마스크를 끼고 어딘가를 향해 갔다. 혜란은 제 걸음이 어디로 가는지도 모르고 대로변을 걸었다. 눈에 보이는 것들이 뿌옇게 번져 보였지만 혜란의 눈빛만은 총명하게 빛나고 있었다. 바람이 온몸을 스쳐 지나갔다. 피부 곳곳이 간지러웠다. 무심결에 팔을 긁었다. 좀, 그만 긁어. 부스럼 된다고 해도. 손톱 밑에서 엄마의 잔소리가 들렸다. 피부가 따끔거리더니 붉어졌다. 맞은편에서 사람들이 걸어오고 있었다. 그들은 별일이 아닌 것에 제 목소리를 높이며 말했다. 혜란은 허스키하고도 낮은 목소리를 떠올렸다.

담배라고?

그날 학교에 온 엄마는 담담하고 과묵했다.

내꺼 아니야. 예전에 궁금해서 딱 한 번 핀 게 다야. 엄마 진짜야. 진짠데 아무도 안 믿어 줘. 어떡해?

혜란은 분하고 억울한 마음이 좀체 가시지 않았다. 엄마는 가여운 얼굴을 한참 동안 들여다보았다.

뭘 어떡해? 집에 가야지. 맞고도 사과해야 하는 게 세상일인데. 가방 챙겨서 와.

엄마는 무슨 생각인지 정학 처분을 받은 것과 관련해 어떤 것도 묻지 않았다.

그날은 유난히 날씨가 맑고 청명했다. 수업시간에 집으로 가는 길은 밝기만 했다. 두세 걸음 앞서 걷던 엄마가 속도를 늦췄다. 엄마 뒤를 따라가던 혜란이 주춤 몸을 사렸다.

티끌 모아 태산이 무슨 뜻이냐.

엄마는 혜란의 걸음에 맞추어 걸었다.

작은 것이 모이면 나중에 큰 것이 된다는 거.

혜란은 훌쩍이며 답했다.

그럼 티끌만큼 듣고 태산같이 말하는 것은 누구냐.

….

바로 사람이다. 그리 알아라.

혜란은 말뜻을 되새겼지만 헤아리지 못하고 눈물만 닦았다.

좀, 그만 울어. 어디 초상났어!

엄마는 못 참겠다는 듯 내뱉고 나서 다시 앞서 걸어갔다. 혜란은 엄마를 부르며 쫓아갔다.

언제나 내 편이라고 여기면서 한 번이라도 엄마 편이 되어준 적이 있었을까. 혜란은 자신이 엄마 편이라고 자신했지만 엄마가 인정할지 알 수 없었다. 엄마가 집을 나간 이유가 무엇일까 생각해보면 그럴만한 일보다 엄마와 함께 오키나와로 여행 갔던 일이 떠올랐다. 하와이에 가고 싶어 하던 엄마는 12시간이 넘는 비행시간을 마뜩잖아했다. 그래서 일본의 하와이라 불리는 오키나와로 행선지를 바꿨다. 나하 공항에 도착하면서 엄마의 분위기가 사뭇 달라졌다. 말씨는 조곤조곤해졌고 행동은 조심스러웠다. 요조숙녀가 되어버린 엄마를 동생처럼 세심하게 배려하고 챙기게 되었다. 혜란은 누군가를 보살피는 일이 어색했지만 함께 있는 동안 엄마와의 사이가 더 깊어진 것 같았다. 엄마는 체험학습 나온 아이처럼 신기한 것이 있으면 보자고 했고 궁금한 것이 있으면 망설임없이 물었고 맛있는 게 보이면 사 달라고 했다. 비슷하면서도 다른 문화에 대한 호기심이 충족되면서 자신감도 붙었다. 간단한 일어 단어와 몸짓 언어로 사고 싶은 것을 구매하기도 했다. 무엇보다 곧잘 웃었다. 엄마의 환한 표정과 웃음이 혜란에게 투명하게 전해졌다. 혜란은 틈틈이 카메라에 엄마의 모습을 담으며 미소를 지었다. 그 후에도 혜란은 엄마와의 여행을 약속했지만 지켜지지 않았다.

거리를 헤매듯 걷다가 모퉁이를 돌아 나오자 집으로 가는 길이 나왔다. 멀지도 가깝지도 않은 집을 한 달에 두어 번 정도 찾았다. 혜란은 집에 와서 엄마가 챙겨 주는 반찬을 가져가는 게 다였다. 엄마와 오붓한 시간을 가져본 것이 언제인지 까마득했다. 언제부턴가 엄마와 이런저런 얘기를 하다 보면 결국 싸우게 되는 일이 다반사여서 적당히 안부를 묻는 것에서 그치고 말았다.

현관문을 열고 들어가자 고요한 적막이 흘렀다. 아버지는 거실에 앉아서 꺼진 TV를 보고 있었다. 바닥에는 소주 한 병과 소주잔, 김치가 놓여 있었다. 소주병은 비어 있었고 소주잔은 가득 채워져 있었다. 아버지는 불콰해진 얼굴로 허공을 바라보며 깊은 한숨을 내쉬었다. 김치 반찬통에 먹던 젓가락이 꽂혀 있었다. 엄마가 싫어하는 것이었다. 아버지는 마지막 잔을 입속으로 가볍게 털어 넣었다.

지금 뭐 하시는 거예요?

혜란은 술 마시는 것밖에 하지 못하는 아버지가 답답하기 짝이 없었다. 간혹 아버지가 연락 안 되는 일이 생기면 엄마는 긴급 신고라도 하는 것처럼 전화를 했다. 아버지의 친한 친구부터 오래된 친구까지 몇 번의 통화를 끝낸 뒤 두세 군데를 찾아가면 그곳에 아버지가 있었다. 엄마는 아버지를 두고 혼자 집에 돌아왔다. 술 취한 아버지를 집으로 데리고 오는 일은 남동생의 몫이었다.

아버지는 침울한 표정으로 소주 한 병을 더 가져오라고 했다. 술을 계속 마시겠다는 심사였다.

지금 술이 넘어가세요?

혜란은 치밀어 오르는 화를 간신히 참아내며 말했다.

술이라도 넘어가니 다행이지.

아버지는 술을 가져오라고 재촉했지만 혜란은 꿈쩍도 하지 않았다.

엄마 걱정은 안 되세요?

짜증과 신경질이 섞인 목소리가 방안에 울렸다.

돈 많은 놈팽이 만나 잘 놀고 있겠지, 뭐.

비아냥거리는 아버지의 말에 혜란은 부아가 뒤집혀 눈을 부릅떴다.

엄마가 그런 재주가 있었으면 여태까지 그리 참고 살았겠어요?

거침없이 쏘아붙이자 혜란의 머릿속에 있던 그림자 같은 기억이 불끈거렸다.

그때 왜 그러셨어요?

입 밖으로 튀어나온 말에 기억이 점점 드러나고 있었다. 그때 엄마는 반상회에 갔고 동생은 축구 시합을 하러 나갔다. 집에는 아빠와 혜란 둘밖에 없었다.

무슨 말이냐?

아버지의 눈빛은 흐리고 초점이 없었다.

그때는 전화가 두 대였어요.

아버지는 영문을 모르겠다는 듯이 눈을 껌벅거렸다. 유무선 복합 전화기가 있었던 그때 혜란은 통화를 하려고 든 유선 전화기에서 무선 전화기의 통화 내용을 들었다. 장미 다방으로 나오라는 아버지의 말에 여자는 수줍은 목소리로 알겠다며 코웃음을 쳤다. 그 기억은 이상할 정도로 잊히지 않았다.

내 친구 엄마였다고요!

혜란은 순간 휘청할 정도로 어지러웠다. 말 한마디에 기력이 다 빠져나간 것 같았다. 아버지는 입이 벌어진 상태로 온몸이 얼어붙은 것처럼 꼼짝하지 않았다. 숨소리조차 들리지 않았다. 아버지는 망연한 표정으로 내도록 바닥만 응시했다. 바닥에 깊은 자국이 생길 것만 같았다. 혜란에게 부끄럽고 미안한 것 같진 않았다. 그때를 떠올리며 어떤 생각을 하는 것처럼 보였다. 무거운 정적이 흘렀다.

… 엄마도 아는가?

아버지는 겨우 입을 열었다. 시선은 마주치지 않았다.

말은 안 했는데… 모르죠, 그건.

혜란은 아버지의 휑한 정수리를 보며 말했다. 아버지에게 하지 않은 말이 있었다. 아버지가 남편의 도리를 하지 못하고 있다는 사실이 두려워 누구에게도 말하지 못했다. 그때 혜란은 다시 재다이얼을 눌렀다. 다행히 아줌마가 받았다. 저 혜란인데요. 당황한 아줌마에게 혜란은 거침없이 나오는 대로 말했다. 우리 아버지 절대 만나지 마세요. 두 번 다시 연락도 하지 마세요. 학교에 인애 소문 다 내버릴 테니까. 혜란은 목이 타는 바람에 제 말만 하고 급히 전화를 끊었다. 인애 엄마와는 처음이자 마지막 통화였다. 물을 마시러 부엌으로 가면서 현관문 앞에 가지런히 놓여 있는 아버지의 구두를 보았다. 혜란은 있는 힘껏 발로 차버렸다.

아무튼 엄마한테 사과하셔야 해요. 분명히.

앙칼진 목소리가 귀를 잡아끌었다. 아버지는 말하지 않을 작정인지 입술을 굳게 닫고 있었다. 아주 오래전부터 보았던 모습이었다. 이런 아버지를 보며 엄마는 지긋지긋하다고 했다. 도통 속을 알 수 없는 사람이라며 앞으로도 변하지 않을 것이라고 혀를 내둘렀다.

혜란은 뒷골을 끌어당기는 듯한 느낌에 뒤돌아보았다. 남동생이 기척도 없이 들어와 서 있었다. 서로 오랜만에 보는 얼굴이었지만 반가운 기색은 없었다. 창밖으로 어둠이 찬찬히 드리우고 있었다.

아버지한테 왜 그러는 거야?

공기의 파장이 일었다. 동생의 얼굴에 짙은 그늘이 드리웠다. 말투가 시비 거는 것처럼 들릴 정도로 혜란은 예민해져 있었다. 이런저런 생각들이 자꾸만 버둥거렸다.

네가 뭘 안다고 그래?

혜란의 미간이 일그러졌다. 역광에 비친 아버지의 뒷

모습을 보았다.

도대체 내가 뭘 모르는지 말을 해봐!

동생은 날카로운 표정으로 언성을 높였다.

그만하지 못해. 애비 앞에서 뭣들 하는 거냐?

아버지는 벌떡 일어나더니 현관문을 박차고 나갔다. 굳게 닫혀버린 문은 속내를 알 수 없는 캄캄한 어둠을 삼켰다.

내가 모르는 게 뭔지 몰라도 누나가 잘못했다는 건 알아.

동생의 시선은 흔들리지 않았다. 새까만 눈동자의 은밀한 생각을 혜란은 짐작하지 못했다.

내가 뭘?

잘못했다고 생각하지 않기 때문에 잘못을 모르는 거야. 잘못을 모르는 우리 때문에 엄마가 집을 나간 거라고.

동생의 날 선 말들이 죽비 치는 소리처럼 들렸다. 말 한마디 한마디에 박힌 옹이를 들여다보며 혜란은 침통한 표정에 빠졌다. 동생은 바닥이 꺼질 정도로 쿵쿵거리며 걸어서 방으로 들어갔다. 혜란은 혼자 거실에 덩그러니 남아 있었다.

혜란은 전화를 걸었다. 언제나 내 편. 통화 신호음이 울리자 귀를 쫑긋 세웠다. 한참을 기다렸지만 연결이 되지 않았다. 무심코 벽에 걸린 시계를 올려다보았다. 시곗바늘은 깊은 잠에 빠진 듯 멈춰 있었다. 1시 47분. 인애와 헤어진 즈음이었다. 고장 난 시계 앞에서 돌아서려는데 동작이 멎었다. 기억이 순식간에 혜란을 인애 집으로 끌어다 놓았다.

116 눌러서 시간을 알려줘.

인애는 벽시계에 밥을 줘야 한다며 태엽을 감았다. 전화 시보 서비스는 시 분 초까지 정확하게 알려 주었다.

너희 집에는 무선 전화가 없어?

혜란이 TV 옆에 있는 유선 전화를 보며 물었다.

내 방에 있는데.

무선 전화는 인애의 침대 옆 협탁에 놓여 있었다.

혜란의 가슴에 둔중한 통증이 일었다. 확실하지 않지만 확실한 뭔가에 사로잡혀 버렸다. 인애는 엄마와 통화한 것을 들었을까. 어둠의 저편에 있는 그림자가 제 몸을 키웠다. 혜란은 견딜 수 없는 것을 홀로 감당해내고 있었다. 엄마가 언제 들어올지 모르는 문 앞에서 담배 생각이 간절했다. 기어이 목울대가 뜨거워졌다. 그 모두의 시간이 흐르고 있었다.

사랑의 미로

노부인의 손짓에 나는 무슨 말인지 모르겠다는 표정을 지으며 왜 하필 옆자리람, 하고 속으로 투덜거렸다. 눈을 내리뜬 노부인은 숨을 고르는 듯 입가에 힘을 주었다. 입가의 주름에는 지난 시간의 언어들이 켜켜이 쌓여 있는 것 같았지만 노부인은 말을 하지 않았다. 입안에는 어떤 말이 들어 있기에 나오지 않는 건가. 꽉 다문 입매가 고집스럽게 보였다. 어쩌면 좀 고약한 노부인일지도 몰랐다.

노부인의 옆자리에 내가 앉게 될 줄은 몰랐다. 신혼여행 일정을 끝내고 시드니 킹스포드스미스 국제공항에서 출국 절차를 밟고 항공사 직원으로부터 여권과 탑승권, 수화물표를 받아 기내에서 자리를 찾을 때까지. 좁은 이코노미석에서 그나마 좋은 좌석은 창가 자리다. 기내에서 창공에 펼쳐진 풍경을 보는 것만큼 즐거운 일은 없다. 그보다 중요한 건 옆자리에 어떤 사람이 앉는가이다. 장거리 비행에선 더더욱. FROM SYDNEY, TO SEOUL/INCHEON, FLIGHT OZ602, DEP TIME 9:30, SITE WINDOW 25A. 탑승권에 적힌 내 자리는 창가 25A, 옆자리 25B는 그의 자리였다. 예정대로라면 나는 창문으로 수만 피트 상공 위를 감상하며 그의 옆에 앉아 갈 수 있었다.

비행기의 좌석 배치는 3-4-3 배열이었다. 탑승권에 적힌 좌석을 찾아 먼저 기내로 들어간 건 그였다. 3배열 통로에 멈춰 선 그가 난처한 표정을 지으며 나를 보고 있었다. 나는 무슨 일이냐는 듯 눈썹을 치켜세우며 고개를 비스듬히 기울였다. 25C 좌석에는 언뜻 보기에도 연세가 많아 보이는 노부인이 눈을 감고 있었다. 윤기 나는 은발에 자줏빛 베레모를 쓰고 털이 촘촘한 짙은 회색빛 모피코트를 입고 있어서 그냥 노부인보다는 왠지 귀부인이라 불러야 할 것 같았다. 옅은 화장기가 맴도는 하얀 얼굴에는 주름과 검버섯이 군데군데 퍼져 있었지만 피부결은 고왔다. 눈 밑이 어두워 보여 조금 피곤한 인상이었다. 이국적인 분위기만으로는 어느 나라 사람인지 분간이 되지 않았다. 나는 입술을 비죽 내밀며 머뭇거렸다. 우리가 자리에 앉으려면 노부인이 일어서야만 했다.

음, Excuse me. 그가 목소리를 가다듬으며 조심스레 말문을 열었다. 굵고 낮은 목소리에 노부인이 눈을 떴다. 푸른빛이 드리워진 눈동자였다. 경계하는 듯한 눈빛에서 서늘함이 감돌았다. 노부인은 커플티를 입은 우리를 보았다. 나는 입가에 옅은 미소를 머금었다. 상황을 눈치챈 노부인이 자리에서 일어났다. 나는 가볍게 목인사를 하고 자리로 들어가기 위해 다리를 내밀었다. 그때였다. 노부인이 손으로 앞을 가로막았다. 살짝 당황한 나는 노부인을 쳐다보았다. 노부인은 그를 창가 자리로 들이라는 손짓을 했다. 아…. 나는 입을 다물지 못한 채 고개를 끄덕였다. 뭔가 마땅찮은 노부인의 표정에서 진작 노부인과 그를 배려하지 못했다는 생각이 들었다. 나는 괜한 미안함을 느끼며 그를 창가 자리로 보냈다. 하지만 정해진 자리에 앉아야 하는 것이 원칙이었다. 예민하고 보수적인 노부인이 틀림없었다.

결국 나는 3배열 가운데 좌석에 앉아 안전벨트를 채웠다. 등받이에 기대자 옴짝달싹하지 못했다. 두 사람 사이에서 점점 무기력해지는 것 같았다. 그가 담요를 덮어주고 좌석 앞주머니에 든 기내용 슬리퍼를 꺼내 주었다. 나는 신발을 갈아 신었다. 발밑으로 노부인이 신은 초콜릿색 호주산 양털 부츠가 보였다. 한눈에도 좋아 보이는 부츠는 호주의 봄 날씨와는 어울리지 않았다.

기내가 조용히 진동하고 있었다. 그는 앞을 응시한 채 어떤 생각에 골몰했다. 새삼 그와 결혼한 이유가 무엇인가를 생각했다. 사랑한다는 것 외에는 떠오르지 않았다. 그 외에 다른 이유를 찾지 못하더라도 사랑에 대한 신뢰와 믿음이 사라지지 않는 이상 그와 함께 살 것이라는 생각은 분명했다.

"회사에 출근할 생각을 하니까…."

우연히 시선이 마주치자 그가 읊조렸다.

호주에 머무르는 동안 까맣게 잊고 있었다. 한국에 가서 당면할 복닥거리는 일상이 무수한 풍경처럼 눈앞에 흔들렸다. 과제처럼 쌓여 있을 일들을 처리해야 할 것이고 무엇보다 그와의 생활이 본격적으로 시작될 터였다. 같이 살면 재미있을 것 같다고 그는 앞으로 벌어질 일들을 기대했다. 이런저런 생각으로 머릿속이 복잡했지만 걱정만은 아니었다. 나는 눈을 감고 이륙하기를 기다렸다. 노부인의 팔꿈치가 옆구리에 언뜻언뜻 닿았다. 그것을 피하다 보니 좁은 좌석이 더 좁게 느껴졌다. 최악의 좌석이었다.

비행기는 활주로를 달리다가 하늘로 치솟아 올랐다. 비행기의 흔들림과 속도감이 귓속으로 전해졌다. 고도가 안정되자 안전벨트를 풀어도 좋다는 안내방송이 나왔다. 노부인이 기내용 슬리퍼를 손에 들고 내 발을 가리켰다. 어쩌란 말인가. 나는 어색하게 웃으며 모른 척 시치미를 떼고 있었다. 사실 나는 짐작하고 있었다. 노부인의 손짓은 초콜릿색 양털 부츠를 벗겨달라는 것이었다. 나는 노부인의 태도가 못마땅했다. 생면부지의 남에게 신발을 벗겨 달라는 표정은 도도하기 그지없었고 한마디 말도 없이 까딱거리는 손짓은 부탁을 가장한 명령처럼 느껴질 정도로 딱딱했다. 아무리 내가 손녀뻘에 경로사상이 투철하다고 해도 이건 경우가 아니다 싶었다. 그렇게 들기 시작한 생각은 백인이 다른 인종을 대하는 나쁜 방식으로까지 나아갔다. 순간 당혹감을 감추지 못한 나는 하소연이라도 하고 싶어서 그를 보았다. 그는 헤드폰을 낀 채 눈을 감고 있었다. 자는 듯 평온해 보이는 얼굴이었다. 그 모습이 마땅치 않았다. 그가 잘못한 일은 없었지만 그럼에도 뭔가 잘못한 것처럼 느껴졌다. 지나가는 승무원과 눈이 마주쳤다. 친절한 미소를 짓는 승무원에게 나는 싱긋 웃고 말았다. 승무원에게 도움을 청하기

엔 지극히 감정적인 사안이었다. 승무원이 가고 난 뒤 비행기가 국적기라는 사실에 안도했다.

노부인은 초연한 표정이었다. 여전히 닫혀 있는 노부인의 입매는 다부지게 보였다. 혹시 말을 못하는 건 아닌지 의심스러웠다. 주위에 앉은 사람들을 둘러보았다. 저마다 나름대로 비행시간을 보내고 있었다. 탑승객 중 노부인에게 신경을 쓰는 사람은 없어 보였다. 나는 의아했다. 노인 혼자 장시간 비행하는 것은 좀체 볼 수 없는 일이었다. 가족이나 동행자는 없으세요? 입술을 달싹였지만 하지 못한 말은 삼켜 버리고 말았다. 그러나 더는 모른 척 버틸 수 없었다.

"부츠를 벗겨달란 말인가요?"

나는 손동작을 하면서 말했다. 노부인이 알아들었는지 고개를 끄덕였다. 건너편 자리에 파란 점퍼를 입은 남자가 무슨 일이냐는 듯 쳐다보았다. 노부인의 동행자인가 싶어 쳐다보았지만 남자는 이내 고개를 돌려 버렸다. 나는 노부인 쪽으로 허리를 숙였다. 한 손으로 왼발 부츠를 잡아당기며 끙끙거렸다. 부츠가 쉽게 벗겨지지 않았다. 두꺼운 바지를 입은 탓이었다. 나는 노부인을 향해 힘든 내색을 하며 안전벨트를 풀었다. 노부인도 안전벨트를 풀더니 다리를 내뻗었다. 부츠를 두 손으로 힘껏 잡아당기자 훅, 하는 소리와 함께 벗겨졌다. 오른발 부츠까지 벗기고 나니 기운이 다 빠져버린 듯했다. 기내용 슬리퍼를 신은 노부인은 다리를 들썩거렸다. 입꼬리도 살짝 올라갔다. Thank you. 이 말을 듣지 못했다. 나는 조금 황당하고 서운했다. 고작 신발을 벗겼을 뿐인데 피곤이 몰려왔다. 목이 깔깔했다. 승무원 호출 버튼을 누르려다 저편에서 음료 서비스를 하는 승무원들이 보였다. 차례를 기다리기로 했다.

"괜찮아?"

그가 내게 몸을 기대며 물었다. 괜찮아 보이냐는 식의 대답이 나올까 봐 일단 대답을 미루었다. 그가 어깨를 살며시 감싸 안으며 다시 물었다. 나는 고개를 끄덕였지만 정말 괜찮은 건지 의심했다. 무심코 대답해 버린 건 아닌지 생각해 보았다. 하지만 괜찮아야 했다. 신혼여행 동안 우리는 언성 한 번 높인 적 없이 서로 배려했고 친절했다. 바라만 보아도 웃음이 났고 체온을 느낄 정도로 붙어 다니면서 떨어질 줄 몰랐다. 각자 서로의 다른 방식을 받아들이면서 드는 어떤 생각과 감정들은 결코 나쁘지 않았다. 그런 허니문의 엔딩을 누구도 아닌 생면부지의 노부인으로 인해 망칠 수 없는 일이었다.

각종 음료가 실린 카터를 끌고 온 승무원이 노부인에게 먼저 어떤 음료를 마실지 물었다. 노부인은 손으로 입을 가린 채 말을 먹듯이 우물우물했다. 승무원이 노부인의 곁에 앉아서 재차 물었지만 소통이 안 되는지 난감한 표정으로 나를 보았다. 나는 재빨리 고개를 저어 보였다. 노부인과 전혀 관계가 없다는 것을 그리 밝혔다.

"커피? 오렌지? 와인?"

승무원은 한층 또렷해진 목소리로 노부인에게 되물었다. 나는 노부인을 주시하며 귀를 쫑긋 세웠다.

"오렌지."

안개같이 희미했지만 노부인의 목소리가 틀림없었다. 노부인이 말을 한 것이다. 게다가 두 손으로 오렌지 주스를 홀짝거리며 마시고 있지 않은가. 나는 뒤통수라도 얻어맞은 것처럼 멍했다. 얼굴이 싸늘하게 굳어졌다. 오렌지 주스를 마시려던 나는 돌연 스프라이트를 주문했고 그는 하이네켄을 주문했다. 나는 스프라이트를 단숨에 마셨다. 목을 타고 넘어가는 탄산의 청량함과 입술에 남은 레몬 맛으로 기분이 한결 나아지는 것 같았다. 더는 노부인에게 신경 쓰지 않기로 마음먹었다. 그가 기내식이 나올 때까지 잠을 자 두라며 목 베개를 건네주었다. 그편이 좋을 것 같았다. 일상의 피로에 대비하기 위해서는 긴 비행시간 동안 잠이라도 실컷 자는 것이 상책이었다.

주위가 산만해서 눈을 떴다. 그는 앞좌석 등받이에 설치된 테이블을 펼치며 좀 잤느냐고 물었다. 그의 말을 들으며 흘깃 옆자리를 보았다. 노부인은 고개를 쑥 빼고 기내식 카터를 보고 있었다. 꽤나 식사를 기다리는 모습이었다. 노부인이 고개를 돌렸다. 나는 황급히 노부인의 시선을 외면하며 말했다.

"응. 자긴 좀 잤어요?"

"자다가 깨다가."

그는 중얼거리듯 답했다.

식사 메뉴인 비프와 피쉬 중 하나를 선택하는 데도 노부인은 시간이 걸렸다. 승무원과 한참을 소곤대더니 노부인의 테이블에 피쉬가 놓였다. 비프를 선택한 나는 빵만 제외하고 애피타이저, 메인, 디저트를 다 먹었다. 식사 정리를 하는데 나를 쳐다보는 노골적인 시선이 불편하게 느껴졌다. 나는 어쩔 수 없이 고개를 돌려 노부인을 보았다. 노부인은 손으로 식판에 남겨진 빵을 가리켰다. 빵을 달라는 손짓이었다. 노부인의 앙다문 입술이 야속하게 느껴졌다. 그러나 모른 척 시치미를 떼지 않았다. 치사하게 먹는 것으로 신경전을 벌이기 싫었다. 나는 노부인에게 순순히 빵을 내밀었다.

"스파시바"

노부인과 나 사이의 적막이 깨지는 순간이었다. 나는 눈을 휘둥그레 떴다. 노부인이 한 말인지 귀를 의심했다. 낯설고 경계했던 노부인의 눈동자는 짙은 물안개가 덮인 호수와 같았다. 그러나 공기를 진동시킨 소리가 욕인지 외국어인지 당최 낯설어 알아듣지 못했다. 노부인의 말을 들었냐며 그를 보았다. 그는 모르겠다는 표정을 지었다. 혼잣말처럼 흐릿한 말을 알아듣지 못한 건 매한가지였다.

"…시바…"

나는 들은 것을 기억나는 대로 중얼거렸다.

"스파시바 спасибо"

노부인은 나를 보며 제법 또렷한 목소리로 말했다. 어디선가 들어본 말 같기도 했다. 노부인의 눈빛이 내 기억 속 어딘가를 헤집고 있는 듯했다. 어느 찰나에 기억이 났다. 그 말은 고맙다는 뜻의 러시아어였다.

"즈드랏스부이쩨 Здравствуйте"

안녕하세요, 라는 말은 엉겁결에 나왔다. 나는 멈칫 노부인을 보았다. 노부인은 아지랑이같이 피어난 웃음을 머금고 있었다. 옆에서 듣고 있던 그가 무슨 말이냐고 물었고, 나는 러시아어라고 답했다. 갑자기 그의 표정이 밝아졌다.

"와, 당신 러시아어도 할 줄 알아? 근데 왜 말을 안 했어? 러시아로 갔으면 더 좋았을 텐데…."

화색이 돌던 그의 얼굴이 금세 굳어졌다. 사소하지만 일방적인 말이었다. 취향에 따라 호주보다 러시아가 더 나을 수도 있지만 그는 말을 안 했다는 것에 문제를 두고 있었다.

"아니, 그게 아니라…."

나는 무언가 비스듬히 어긋났다는 생각에 말을 다하지 못했다. 그의 시선을 따라갔지만 시선 안에 나는 들지 못했다. 그의 말을 곱씹었다. 미묘하고 복잡한 감정의 선들이 나를 휘감았다. 둘 사이에 흐르는 침묵이 조금 불편하게 여겨졌다.

그의 말과는 달리 난 러시아어를 할 줄 몰랐다. 잊은 줄 알고 있던 말이 순간적으로 튀어나온 것이었다. 그 말을 기억하고 있다는 사실에 나조차 짐짓 놀랐다. 9년 전의 일이었다.

그해는 광복 60주년이었고, 나는 아르바이트를 했다. 어느 문화예술단체 사무실에서 전화를 받고 간단한 사무처리를 하는 일이었다. 문화와 예술에 대한 조예와는 무관한 그야말로 아르바이트였다. 좁은 사무실에서 열 살 많은 사무국장 윤과 대부분 시간을 보냈다. 알바 첫날, 한 편의 연극을 연출한 적이 있다는 윤은 세계에 대해 고민하고 자기 자신에 대해 말할 줄 알아야 한다고 차분하면서도 명료한 목소리로 말했다. 나는 스스로에 대해 고민 중이라며 나에 대해 말할 때 다른 누군가를 말하는 건 아닌지 의심이 든다고 했다. 이후로 윤은 컴퓨터 자판을 치다가 문득 고개를 들고 나를 빤히 쳐다보며 엉뚱하거나 농담 같지 않은 농담을 주로 했다. 광복 60주년을 맞아 러시아, 일본, 중국을 돌며 평화의 메시지를 전하는 평화사절단을 모집하는 데 지원하라는 말도 농담인 줄 알았다. 평화를 위한 일이 무엇인지 생각조차 해본 적이 없는 내게 평화사절단이라니, 웃음이 났다. 나도 같이 갈 거야, 윤은 덧붙여 말했다. 진지하고 다정한 그 말은 이상했다. 한동안 아무 말 없이 서로 바라보았다. 마치 뭉게구름 속을 통과하는 기분이 들었다. 그즈음 윤과 같이 저녁을 먹고 술을 마시는 날들을 보냈다. 지원하겠다는 결정은 생각보다 빨랐다. 여객선 페리를 타고 가는 9박 10일간의 여정은 내겐 의외의 일이었다. 어디론가 떠나는 것이 두렵고 막막했던 내가 왜 그런 선택을 했는지 정확히 알지 못했다. 윤의 말이 어딘지 모르게 나를 사로잡은 것이라고 어렴풋이 생각했다. 평화사절단 지원서를 쓴 다음 날, 윤은 내게 어울릴 것 같아 샀다며 오렌지색 니트를 건네주었다. 뜻밖의 선물에 좀 어리둥절했지만 기분은 나쁘지 않았다. 하지만 사무실에 나갈 때는 그 옷을 입지 않았다.

여정의 첫 방문지는 러시아 블라디보스토크였다. 그곳으로 향해 가는 여객선은 넓었고 대표단, NGO, 대학생, 어린이 등 사절단별로 사람들은 많았다. 여객선에서 윤과 마주치는 일은 쉽지 않았다. 윤은 평화사절단의 운영위원을 맡고 있어 바쁘기도 했다. 우연찮게 만나면 바다를 보며 커피를 마시거나 맥주를 마셨다. 오가는 대화는 단조로웠다. 서로의 컨디션이나 향후 일정에 대한 것이었다. 1박 2일 동안 블라디보스토크에서 평화음악회를 가지고 기념관과 박물관, 중앙광장, 신한촌 등을 다니며 평화의 의미를 찾을 계획이었다. 윤이 말하는 동안 내 시선은 자꾸만 바다로 향했다. 끝없이 펼쳐진 망망대해가 막막하게 느껴졌다. 할 말이 있는데 어떻게 꺼내야 할지 망설였고 그 말에 대한 확신은 없었고 말을 삼키기도 힘들었다. 결국 누구에게도 전달되지 못한 그 말을 두고 나는 뭔가 착각했는지 의심해야만 했다.

블라디보스토크에 도착하기 전날 밤, 강당에서 기초 러시아어 강의가 있었다. 저녁 식사를 마치고 룸메이트인 홍은 강당으로 가자고 했다. 홍은 이국에서의 쇼핑을 계획하고 있던 터라 그에 필요한 말들을 알아두어야 했다. 나는 객실에서 쉬고 싶다고 말했다. 체한 것처럼 속이 불편해서 아무것도 신경 쓰기 싫었다. 막상 객실로 가니 좁은 공간이 답답하게 느껴졌다. 나는 점퍼를 입고 선상으로 발걸음을 옮겼다. 바람을 맞으며 선상 위를 걷는 게 나을 것 같았다. 밤하늘은 캄캄했고 밤바다는 검은 물결로 일렁였고 밤공기는 알싸했다. 수평선 멀리 오징어잡이 배들이 불빛을 환하게 밝히고 있었다. 선상을 이리저리 거닐다가 난간에 서서 하염없이 불빛을 바라보고 있을 때였다. 어둠의 저편에서 누군가 걸어왔다. 묘한 긴장감이 감돌았다. 조심스레 호흡을 가다듬었다. 안 춥냐고 말을 건넨 것은 윤이었다. 나는 바람을 쐬고 싶어서 나왔다고 답했다. 속이 안 좋다는 말보다 나을 것 같았다. 윤은 크게 숨을 들이쉬더니 바람 맛이 짭조름하다며 나를 물끄러미 보았다. 나는 오렌지색 니트를 입고 있었다. 스파시바. 윤이 말했다. 나는 무슨 말이냐는 듯 윤을 쳐다보았다. 윤은 점퍼 안으로 나와 비슷한 디자인의 남색 니트를 입고 있었다. 고맙다. 윤의 말은 모호했다. 자신이 선물한 니트를 입어줘서 고맙다는 건지 아니면 이곳에 같이 와 줘서 고맙다는 건지 나는 조금 명료해져야겠다 싶었다. 뭐가 고마워요? 내 말에 윤은 호탕하게 웃으며 그건 러시아말이라고 했다. 나는 발음이 재미있다고 하면서 어둠 속으로 얼굴을 조금 돌렸다. 어떤 표정이라도 들키고 싶지 않았다. 무슨 말을 기대한 것은 아니었지만 뭔가 서운한 느낌이 들었다. 윤은 강당에서 속성으로 배운 기초 러시아어를 알려 주겠다며 주머니에서 종이 한 장을 꺼내 펼쳤다. 인사말부터 물건 구매 시 필요한 간단한 문장들을 읽어 주었다. 나는 철썩이는 파도 소리에 귀를 기울이고 있었다. 윤의 목소리는 검은 파도에 실려 어디론가 흘러갔다. 그중 기억에 정박한 러시아어는 안녕과 고맙다, 이 두 가지밖에 없었다. 그런 사실을 그는 물론 노부인도 알지 못했다.

노부인은 무슨 말이라도 더 하라는 듯 나를 쳐다보았다. 그러나 나는 입을 열지 못하고 흩어진 기억을 찾아 허공의 어딘가를 헤매고 있었다. 노부인은 더는 참지 못하겠는지 입가를 실룩거리더니 닫혀 있던 말문을 열었다. 탁한 목소리와 알아들을 수 없는 말들이 귓가에 나뒹굴었다. 도저히 갈피가 잡히지 않는 뜻 모를 말 앞에서 나는 묵묵할 수밖에 없었다. 진지한 시선 앞에서 난감한 표정을 보였지만 소용없었다. 도대체 무슨 말을 하는 거예요? 소리쳐 말하고 싶었지만 목소리는 잠겨 버린 듯 나오지 않았다. 다급한 마음에 그를 보았다. 눈을 감고 있었다. 잠이 든 것 같았다. 날 외면하기 위해 잠자는 척을 할 정도로 몰인정하고 자기중심적인 족속은 아니었다. 이 상황을 어떻게 모면할지 생각하면서도 나는 푸른빛의 눈동자에 사로잡혀 버린 듯 노부인의 말을 듣고 있었다. 침착하고 차분한 목소리로 담담하게 말을 이어 나가는 노부인의 말은 묘하게 마음을 붙드는 매력이 있었다.

노부인이 자신의 모국어를 모르는 내게 할 수 있는 이야기는 어떤 것일까. 고해성사와 같이 누구에게도 털어놓지 못한 내밀한 이야기 혹은 커플룩을 입은 신혼부부의 옆자리에 앉아 있는 기분에 대한 이야기 또는 봄날의 호주에서 가을날의 한국까지 홀로 비행하는 늙은 여인의 심중에 대한 이야기일지도. 어쩌면 노부인은 자신의 이야기를 들어줄 누군가가 필요한 건지도 모를 일이었다. 생각에 머무르는 동안, 노부인의 낯선 언어에서 전해지는 탁한 음성과 단단한 어조에 나는 조금씩 무뎌지고 있었다. 그저 한 편의 무성영화를 보는 것처럼 노부인을 바라보았다. 푸른빛의 깊은 눈동자에서, 거무스레한 눈가에서, 굴곡진 이마 주름에서, 찌푸리는 미간에서, 눈가의 잔주름에서, 입가의 팔자주름에서, 뭉툭한 손짓에서, 구부정하고 둔한 몸짓에서, 애써 짓지 않아도 나타나는 표정에서, 잦은 기침에서, 들고 내쉬는 숨소리에서 느껴지는 것은 어떤 감정이었다. 한마디로 단정할 수 없는 감정은 한 문장으로 표현할 수 없는 말이기도 했다.

말의 한계를 극복할 수 있는 것이 무엇일까 생각하다 떠오른 장면이 평화음악회였다. 블라디보스토크에서 카레이스키라 불리는 고려인과 함께한 평화음악회는 그야말로 우리 가락으로 신명나게 펼쳐졌다. 가야금 병창부터 민요, 사물놀이, 대중가요 등 무대에서 공연하는 동안 내가 본 것은 그곳에 초대된 고려인들의 모습이었다. 60세 이상의 고려인들은 나이를 잊은 채 홍겨운 가락에 공연자들과 손잡고 춤을 추기도 하고, 구슬픈 가락으로 절절하게 풀어낼 때는 소매로 눈물을 훔치기도 했다. 격동의 시대를 살아온 그들의 표정 너머에 있는 애환을 달래주는 건 백 마디의 위로보다 노래였다. 음악회가 끝나고 사회자가 지팡이를 짚고 있는 한 고려인에게 소감을 물었다. 그녀는 잠시 뜸을 들이다 말했다. 제 심정을 어떻게 말해야 할지 몰라서 대신 한 곡조 하겠습니다. 아리랑, 아리랑, 아라아리이요, 오오오… 살짝 목이 메는 목소리로 부르는 노래는 어떤 소감보다도 뭉클했다.

과거 한인촌을 기리기 위해 설립된 신한촌 기념비 앞에서도 마찬가지였다. 우리 일행은 3개의 큰 기둥과 8개의 작은 돌로 이루어진 기념비 앞에 흰 국화꽃 한 송이를 내려놓고 묵념했다. 안내자는 고려인들이 기념하는 날을 독립한 3월 1일과 강제이주가 시작된 9월 17일이라고 전했다. 기념비에 대한 설명을 다 듣고 난 뒤 '민족의 최고 가치는 자주와 독립이니 이를 수호하기 위한 투쟁은 민족적 정신이며… 1999년 8월 15일 해외한민족연구소'라는 비문 앞에서 누군가가 먼저 선창했다. 동해물과 백두산이 마르고 닳도록…. 한민족의 기쁨과 수난을 대신하는 노래였다. 우리는 숙연하게 애국가를 다 같이 불렀다.

모든 일정을 마치고 자욱한 새벽안개와 군함이 인상적인 블라디보스토크의 항구를 다시 찾았다. 다음 방문지는 일본 후쿠오카였다. 승선하기까지 시간이 조금 남아 나와 룸메이트인 홍은 부두 앞의 육교에 있었다. 넓은 육교에 서서 키스를 나누거나 포옹하는 연인들의 모습을 쳐다보며 입방아를 찧느라 정신이 없었다. 그때 윤이 무슨 얘기를 그리 재미있게 하느냐며 말을 걸어왔다. 순간 말은 끊어지고 홍과 어색한 웃음만 흘렀다. 그러자 윤은 육교 아래에 있는 여러 개의 철로와 옆의 기차 역사를 가리키며 여기가 시베리아대륙 횡단 열차의 종착역이자 시발점이라고 알려 주었다. 고개를 끄덕이던 홍은 기차 안에서는 군것질이 최고의 재미라고 말했다. 윤은 맞장구를 치며 역사 뒤편에서 파는 핫도그를 사겠다고 했다. 때마침 출출했던 터라 나와 홍은 반가운 마음으로 윤을 따라갔다. 그곳에는 이미 다른 일행들도 옹기종기 모여 간식거리를 먹고 있었다. 우리는 윤에게 기름기 많은 핫도그를 넙죽 받아들고 먹었다. 역사 주변에는 우표, 인형, 모자 등 기념품을 든 러시아 상인들이 손가락으로 값을 흥정하며 팔고 있었다. 내가 인형에 관심을 보이자 홍은 사라고 권유했다. 포개어진 인형들을 하나씩 꺼내 보왔다. 각기 다른 표정을 한 인형들이 나오고 마지막에는 강보에 싸인 아기 인형이 나왔다. 인형을 '마트료시카'라고 하면서 할머니란 단어의 '바부슈카'라고 부르기도 한다며 윤이 설명했다. 홍은 그런 윤을 가이드 같다며 놀려댔다. 승선할 시간이 다가왔고 나는 화장실이 가고 싶어졌다. 홍은 화장실도 돈이라며 참으라고 했지만 그럴 상황이 아니었다. 블라디보스토크에서는 화장실 사용료가 5루블이었다. 내가 주변을 두리번거리자 윤이 화장실 있는 곳을 안다며 앞서 나갔다. 한달음에 찾은 여자화장실 앞에는 사람들이 줄을 서 있었다. 윤은 근처에서 기다리겠다고 했다. 나는 고개를 끄덕거렸다. 생각보다 줄은 빨리 줄어들었다. 내 앞에 선 이국의 할머니는 계산대 앞에서 동전 지갑과 주머니를 계속 뒤적거렸다. 러시아어라 정확히 알 수는 없지만 눈치가 돈이 모자라는 듯 보였다. 마음이 급한 나는 선뜻 5루블을 대신 내주었다. 돈을 받은 계산원은 들어가라는 손짓을 하고 할머니는 코를 찡긋하며 스파시바, 라고 했다. 나는 대답을 웃음으로 대신하고 화장실로 들어갔다. 선행이라도 한 것 같아 기분이 좋았다. 화장실을 나오자 오후 햇볕이 거리에 내리쬐고 있었다. 윤은 근처의 나무 아래를 거닐고 있었다. 가까이 다가서니 노랫말이 들렸다. 끝도 시작도 없이 아득한 사랑의…. 나는 무슨 노래냐고 물으며 인기척을 냈다. 아는지 모르겠네, 사랑의 미로라고, 그냥 생각이 나서. 윤은 멋쩍은 듯 웃어 보였다. 나는 모른다고 했다. 엄마의 18번인 노래를 모를 리 없었다. 그런데도 왜 그렇게 답했는지 알지 못했다. 윤은 보드카에 얽힌 얘기를 했고 나는 화장실에서 있었던 얘기를 하며 함께 걸었다. 서로의 얘기에 공감하기보다 각자 하고 싶은 말을 했다. 날씨가 그리 춥지 않았는데도 온몸에 으스스 한기가 돌았다. 홍이 있는 기차역까지가 생각보다 멀게 느껴졌다. 그날 밤, 나도 모르게 윤이 부르던 노래를 흥얼거렸다. 홍은 청승맞게 옛날 노래냐며 퉁을 주었고 노래는 멈춰 버렸다.

9년 전의 노래는 머릿속에서 재생 중이었다. 간간이 마른기침을 하며 말하던 노부인이 갑자기 얼굴빛이 변할 정도로 기침을 심하게 했다. 나는 놀란 눈으로 노부인을 쳐다보았다. 기침이 쉬이 잦아들지 않자 노부인은 손으로 입을 막고 자리에서 일어났다. 다급한 상황에서도 노부인은 화장실을 가리키며 자신의 동선을 알려 주었다. 나는 고개를 끄덕이며 걱정스러운 눈빛을 보냈다. 노부인이 없는 빈자리에는 양털 부츠가 덩그러니 놓여 있었다.

"저 할머니 어디 아픈 거 아냐?"

그는 언제 잤냐는 듯 눈을 동그랗게 뜨고 나를 쳐다보았다.

"그러게요. 별일 없어야 할 텐데…."

나는 어딘지 모르게 어색한 기분이 들어 선뜻 그와 눈을 마주하지 못했다.

"그런데 할머니는 자기한테 무슨 얘기를 그렇게 하는 거야?"

그와 시선을 마주칠 듯 말 듯 하다가 진지하게 그를 보았다. 그가 일방적으로 했던 말이 떠올랐고 개운치 않았던 감정이 다시 일어났다.

"몰라요."

퉁명한 말끝에 그가 두 눈을 끔벅였다.

"모른다고?"

그는 어리둥절해 보였다.

"네, 러시아어를 할 줄 모른다고요. 안녕과 고맙다 이 두 마디밖에 모르는데 내가 무어라 얘길 해야 하나요?"

나는 마음에 붙들고 있던 그의 말을 끄집어내고야 말았다. 그는 짐작조차 하지 못했다는 표정이었다. 우리는 서로의 그림자 안에서 뱉은 말의 무게를 감당해야만 했다. 순간 사방이 고요했고 온몸에 한기가 느껴졌다. 그러자 눈물이 났다. 그는 아무 말도 하지 않고 볼에 흐른 눈물을 닦아 주었다. 그리고 가만히 나를 들여다보더니 살며시 껴안고 등을 토닥였다. 그의 심장 박동이 부드러운 숨결을 타고 귓가에 맴돌았다. 온몸이 그의 체온으로 물들고 있는 것처럼 따뜻하게 느껴졌다. 눈꺼풀이 점점 무거워지고 있었다.

풀썩 주저앉는 노부인의 인기척을 느꼈다. 그러나 스르르 내려앉은 눈꺼풀을 다시 올리는 일은 쉽지 않았다. 누군가 노크를 하듯 무릎을 두드렸다. 나는 잠결에서 벗어나기 싫어 잠자코 있었다. 두드림은 계속되었다. 깨어날 때까지 두드릴 것 같은 집요함이 느껴졌다. 어느 지점에서 나는 눈을 떴고 기다렸다는 듯 노부인은 얼굴을 빠끔히 내밀었다.

노부인은 검지로 손목시계를 가리켰다. 라운드 프레임에 갈색 가죽끈이 조금 해진 클래식한 시계였다. 그리고 손가락 여덟 개를 펴 보였다. 무슨 말인가, 나는 눈가를 찌푸리며 고개를 갸우뚱했다. 노부인의 입에서는 아무 말도 나오지 않았다. 알아들을 수 없는 노부인의 모국어는 입안에 갇혀버린 듯 밖으로 나오지 않았다. 또 시작하는 건가, 약간 짜증이 났다.

노부인은 입을 다문 채 같은 행동을 반복했다. 시계와 숫자 8. 노부인의 눈가에는 주름이 몰려 있었고 눈동자는 왠지 초조하고 불안해 보였다. 멀뚱히 보고만 있는 내가 답답했는지 노부인은 갑자기 소매를 걷어 올렸다. 노부인의 손이 내게 자연스럽게 닿았다가 어색하게 떨어졌다. 팔 안쪽의 접히는 부분을 보여주었다. 퍼런 주사 자국이었다. 입이 쩍 벌어졌다. 눈꼬리에 남아 있던 잠이 달아나고 서늘한 기분이 밀려왔다. 도대체 무슨 일이란 말인가. 노부인의 깊은 침묵에 목이 조이는 느낌이 들었다. 정확하진 않지만 뭔가 심상치 않은 일이라고 깨달았다. 나를 휘감고 있는 긴장감을 노부인은 찬찬히 확인했다.

노부인의 행동이 조금 빨라졌다. 손가방에서 직사각형 플라스틱 상자를 꺼냈다. 펜이었다. 아니 펜처럼 생긴 주사기였다. 나는 심각한 표정으로 노부인을 지켜보았다. 노부인은 펜을 양 손바닥 사이에 넣고 굴렸다. 작은 통을 열어 소독솜을 꺼냈다. 주사약 용기의 고무마개를 소독솜으로 닦았다. 주삿바늘의 덮개를 벗기고 바늘을 주사약 용기에 꽂았다. 주삿바늘을 직각으로 세우고 주사약 용기를 손가락으로 톡톡 치더니 주사약 용기를 살짝 돌렸다. 그리고 주입 버튼을 눌렀다. 주삿바늘 끝에 주사약이 맺혔다. 노부인은 펜의 눈금을 돌려보며 확인했다.

노부인은 단어들을 띄엄띄엄 말했지만 발음이 부정확한 탓에 제대로 알아듣기가 어려웠다. 그러나 모든 상황을 충분히 짐작할 수 있는 한 단어가 있었다. 퍼즐의 열쇠 같은, 그것은 인슐린이었다. 그 단어를 듣는 순간 노부인의 소리 없는 말이 완성되었다. 그러자 나는 겁이 났고 부담감에 사로잡혀 몸이 뻣뻣했다. 당뇨병 환자인 노부인은 응급상황을 대비해 내게 SOS를 청한 것이었다.

나는 입을 앙다문 채 마른 손을 비벼대며 조바심 나는 마음을 달래고 있었다. 노부인의 상황을 혼자 감당하는 것이 버거웠다. 입안에 들어 있는 노부인의 사정을 조금이나마 덜어내고 싶었다. 나방이 불에 이끌리듯 고개를 돌렸다. 내 시야에는 그밖에 없었다. 그는 모니터로 영화를 보고 있었다. 무슨 영화를 보는지 궁금해서 모니터를 힐끔 보았다. 한글 자막이 지원되지 않는 외국영화였다. 나는 그의 코앞에 얼굴을 내밀며 의외라는 표정을 지었다. 원어로 영화를 볼 정도의 수준급은 아니었다.

"그냥 보는 거야. 정확하게 무슨 말인지 몰라도 내용은 대충 짐작할 수 있으니까."

그는 싱겁게 웃으면서 말했다. 그가 영화를 보는 방식은 나와 노부인이 소통하는 방식과 다를 바가 없었다. 나는 그렇게 짐작하는 일이 있다며 그에게 운을 뗐다. 노부인의 얕은 기침 소리가 들렸지만 돌아보지 않았다. 노부인의 상황을 그에게 설명하는 것이 우선이었다. 그에게 인쇄된 펜에 대해 얘기하고 있을 때였다. 갑자기 그의 눈이 동그래지고 입이 벌어졌다.

"어어, 피, 피!"

다급한 소리가 터져 나오는 동시에 나는 노부인을 돌아보았다. 노부인의 코와 입을 감싸 쥔 흰 가제 손수건이 피로 물들고 있었다. 걱정했던 일이 벌어지고 말았다.

"할머니!"

놀란 나머지 나도 모르게 외친 소리에 주변이 소란스러워졌다. 사람들의 시선이 노부인에게 몰려들었다. 모두 어찌할 바를 모르고 심각한 얼굴로 노부인을 바라볼 뿐이었다. 기침하는 노부인의 몸이 조금 떨리고 있었다. 나는 큰 소리로 승무원을 불렀다. 응급처치가 필요했다. 노부인의 낯빛은 파리했고 주름진 눈가는 촉촉했다. 거

센 기침에 코피가 더 쏟아지는 듯했다. 피에 젖은 손수건 끝에 매달린 핏방울이 노부인의 앞섶에 떨어졌다. 노부인이 고개를 젖혔다. 당황한 나는 노, 노, 노를 외치며 고개를 숙이게끔 했다. 때마침 승무원이 왔다. 진주 귀걸이를 한 승무원은 놀랄 겨를도 없이 노부인의 코 부분을 압박해 지혈에 들어갔다. 그리고 구급상자를 가져달라고 다른 승무원을 향해 말했다. 노부인의 코피가 조금 멎는 듯했다. 앞치마를 한 승무원이 구급상자를 가져와 솜과 거즈를 꺼내 처치를 했다. 턱에 점이 난 승무원은 아이스팩을 노부인의 목덜미로 가져갔다. 일사불란하게 움직이는 승무원들을 보고 있는 사이, 내 손을 붙잡고 있는 노부인의 손을 보았다. 군데군데 저승꽃이 피어 있는 손등이 싸늘하게 느껴졌다. 노부인이 몸을 살짝 일으키더니 인슐린 펜을 꺼냈다. 서둘러 소매를 걷어 올리자 퍼런 주사 자국이 드러났다. 승무원들은 멈칫했다. 조금 놀란 눈길로 서로 시선을 주고받았다. 옆에서 지켜보던 그도 적잖이 놀란 숨소리를 냈다.

"보호자 되세요?"

물수건으로 노부인에게 묻은 피를 닦던 진주 귀걸이 승무원이 물었다.

"아니에요. 할머니는 러시아인이고 당뇨병 환자예요!"

나는 신속하게 대답했다.

"어떻게 하죠? 러시아어를 할 줄 아는 승무원이 없어요."

턱에 점이 난 승무원이 곤란한 표정을 지으며 말했다.

"지금 러시아어가 문제가 아니잖아요! 기내에 의사나 간호사가 있는지 알아보세요."

흡사 노부인의 보호자라도 되는 양 그는 날카로운 표정과는 달리 침착하게 말했다. 곧바로 승무원이 안내방송으로 의사나 간호사를 찾았지만 기내에 의사 직업을 가진 사람은 없었다.

노부인은 개의치 않고 소독솜을 꺼내 주사 자국의 언저리를 닦았다. 엄지와 검지로 주사 맞을 피부를 잡아 올리고 내게 인슐린 펜을 건넸다. 순간 당황한 나는 가느다란 주삿바늘을 보며 고개를 절레절레 흔들었다. 걱정과 두려움에 싸인 채 안절부절못하고 있었다. 평소 주삿바늘만 보면 무서워 눈을 질끈 감아버리는 나였다. 그런 내가 주사를 놓는다는 것은 상상도 못 할 일이었다. 주사를 내민 노부인이 원망스럽기까지 했다. 난감한 처지에 놓인 나는 그에게 손을 내밀었다. 내 손을 잡은 그는 자신 없는 표정을 지었다. 난처한 표정으로 승무원들을 보았다. 선뜻 나서는 승무원이 없었다.

나와 승무원의 얼굴을 차례로 보는 노부인은 의연했다. 잠시 뭔가 결심한 표정을 짓더니 이내 주삿바늘을 팔에 찔렀다. 노부인의 스스럼없는 행동을 다들 보고만 있었다. 나는 짧은 숨을 뱉어냈다. 노부인은 괜찮다는 표정으로 고개를 끄덕였다. 그리고 나를 보며 펜의 주입 버튼을 누르라는 고갯짓을 했다. 그래야만 인슐린이 투여될 터였다. 나는 얼굴을 붉히며 머뭇거렸다. 노부인은 응응 소리를 내며 재촉했다. 내 손을 잡고 있던 그가 지그시 힘을 주었다. 나는 그를 보았다. 따뜻한 눈빛이 나를 감싸는 듯했다. 나는 찬찬히 인슐린 펜을 살펴보았다. 조심스레 주입 버튼에 손을 올렸다. 그리고 눈을 감은 채 숨도 쉬지 않고 버튼을 꾹 눌렀다. 응응. 노부인의 소리에 눈을 뜨고 인슐린 펜에서 손을 뗐다. 그제야 참고 있던 숨을 내쉬었다. 노부인은 소독솜을 집어 주사 부위를 누른 채 주삿바늘을 뽑았다. 주삿바늘을 제거하고 물품을 정리하는 노부인의 모습을 나는 얼이 빠진 채 멍하니 보고 있었다. 노부인은 내게 미소를 지으며 스파시바, 라고 말했다. 나는 얼떨떨한 표정으로 웃어 보였다. 상황이 진정되자 승무원들의 표정도 한결 가벼워 보였다.

수고했다는 말을 남긴 채 승무원들은 자리로 돌아갔다. 바짝 곤두세우고 있던 신경이 누그러지자 피곤이 몰려왔다. 의자에 몸을 파묻듯 기대어 눈을 감았다. 그가 어깨를 끌어당겨 머리를 쓰다듬었다. 그의 손끝에서 전해지는 부드러운 감각에 마음이 잠잠해지고 있었다. 코끝에서 숨결이 느껴지더니 그가 이마에 입을 맞추었다. 습기처럼 머물러 있던 생각들이 희뿌옇게 사라졌다. 그의 품에 안겨 있는 시간이 하염없이 흘러갔다.

살며시 눈을 뜨자 반쯤 열린 기내 차창으로 햇빛이 쏟아지고 있었다. 늦은 오후의 햇빛은 찬란하고도 고요했다. 호주에 처음 도착했을 때 어느 것보다 먼저 우리를 강렬하게 맞이해준 것은 다름 아닌 햇빛이었다. 우리는 낯선 나라에서 빛의 어망에 걸려든 것처럼 온몸으로 햇빛을 받고 있었다. 그는 햇빛이 참 맑다며 환한 미소로 나를 바라보았다. 그 쨍한 햇빛이 주었던 설렘을 나는 잊지 않고 기억하고 있었다.

음, 음, 음…. 작지만 귓가를 감싸는 소리에 마음이 일렁였다. 잔잔하고도 나지막한 그것은 허밍이었다. 그의 멜로디를 가만히 듣고 있으니 가사가 떠올랐다. 그대 작은 가슴에 심어준 사랑이여 상처를 주지 마오 영원히….

누군가의 얼굴을 이렇게 본 적이 있었나 싶을 정도로 우리는 하염없이 서로를 그윽하게 바라보았다. 비행기가 착륙하기까지 우리는 아무 말도 하지 않았다. 그저 마주 잡은 손에서 전해지는 체온으로 서로의 마음을 더듬을 뿐이었다. 명확하게 알 수 없는 어떤 것이 느껴지기 시작했고 예측하지 못했던 감정을 만나게 되는 순간, 나는 그와 결혼을 하게 된 모종의 씨앗 같은 것을 발견했다.

비행기가 플랫폼에 닿고 완전히 멈추었다. 사람들이 일어나 짐을 챙겨 내리기 시작했다. 노부인 곁에서 기내물품 정리를 돕고 있을 때 진주 귀걸이를 한 승무원이 다가왔다. 인천공항에서 환승하여 블라디보스토크로 가는 노부인의 비행경로에 대해 알려 주었다. 그리고 노부인이 다음 비행을 편히 할 수 있도록 도와주겠다고 말했다. 우리는 승무원에게 노부인을 부탁하고 자리에서 일어났다. 10시간이 넘는 비행을 함께한 노부인과 헤어지는 인사를 했다. 노부인이 나를 가볍게 안으며 스파시바, 라고 귓전에 속삭였다. 나는 노부인에게 눈웃음을 보냈다. 노부인의 눈빛에서 묘한 여운이 느껴졌다. 노부인이 다시 나를 안았고 볼에 입을 짧게 맞추었다. 다정하고 친밀한 이국의 인사에 기분이 좋았다.

그의 팔짱을 끼고 기내를 빠져나가기 전에 나는 뒤돌아보았다. 노부인이 손을 흔들며 코를 찡긋거리고 웃었다. 노부인의 모습이 어딘가 낯익었다. 탑승교로 걸어 나오면서 무심결에 주머니에 손을 넣었다. 뭔가가 손안에 들어와 꺼내 보았다. 5루블이었다. 다시 뒤돌아보았지만 노부인은 보이지 않았다. 낮은 탄성이 흘러나왔다. 그가 무슨 일이냐는 듯 보았다. 나는 생긋 웃어 보이며 그에게 바투 다가갔다. 언젠가 그에게 블라디보스토크와 5루블에 관해 이야기해 줄 것이라고 생각했다.

해설

자신에게서 벗어나는 법과 나에게로 돌아가는 길

차선일(문학평론가)

탐구와 배움은 결국 모두 상기니까 말일세.

-플라톤, 『메논』

1

이미욱은 탁월한 기억력의 소유자다. 어지럽게 뒤섞이고 흩어져 망각한 삶의 단편적 기억들을 놀라운 기억술로 회복하고 복원해낸다. 무릇 기억은 자아 정체성을 형성하는 바탕이지만, 그것은 언제나 선택적이며 필연적으로 망각을 동반한다. 프로이트에 따르면, 기억될 수 없는 어떤 사건이나 경험은 무의식의 영역으로 추방되어 억압되는데, 그 억압된 기억은 사라지지 않고 언제든 의식의 영역에 출현하여 자아를 괴롭힌다. 이미욱 소설의 인물도 이러한 억압된 것의 회귀로 인한 어떤 증상들을 겪는다. 물론 증상은 아직 기억의 언어로 기술되는 사태라고 할 수 없다. 그것은 미지의 영역에 머물러 있다. 이미욱은 저 증상들의 배후에 놓인 망각된 삶의 기억을 회복하는 기억력을 발휘하는데, 그 기억술을 가리키는 가장 적절한 명명은 아마도 플라톤의 상기(想起, anamnēsis)일 것이다.

널리 알려져 있듯이, 플라톤은 배운다는 것은 경험이나 사유를 통해 이루어지는 것이 아니라 '이미 모든 것을 본' 영혼의 기억을 상기하는 과정이라고 보았다. 저 불멸하는 영혼이 머물렀던 이데아의 세계 대신 육체에 갇혀

번민하고 괴로워하는 자아의 내면을 대체하면, 그래서 자아의 어두운 영토, 예컨대 "집들이 계속 무너져 내리는" 골목(「여기 없는 날들」)과 죽음이 도사린 안개와 물의 혼돈(「밤이 아닌 산책」, 「에버그린의 방향」)을 상기하는 이야기를 쓴다면 그것이 곧 이미욱의 소설이라고 할 수 있다. '이미 모든 것을 본' 자아의 기억을 상기한다는 것, 그것은 무너져 가는 자신의 삶을 재건하는 유일한 방법이 오직 자기 자신에게 있다는 통찰이자 배움에 다름 아니다.

2

이미욱 소설의 인물들이 겪는 난처한 곤경에는 한 가지 공통점이 있다. 그것은 그들이 처한 문제들이 모두 자기 자신에 대한 무지에서 비롯한다는 점이다. 이야기의 발단은 늘 망각한 자기 삶의 이면 또는 스스로도 모르는 자신의 모습을 알아차리는 데서 시작한다. 「밤이 아닌 산책」의 "여자"는 "제 몸에서 자란 뿔"의 존재를 남편이 알려 줘서야 깨닫는다. 「에버그린의 방향」에서 "준호"는 자신의 마음을 잘 안다고 착각하지 말라는 어린 딸의 되

바라진 말에 "불현듯 아이보다 자신을 모른다는 생각"에 이르고 급기야 "두려움에 휩싸여" 당황한다. 이제 곧 보게 되겠지만, 어린 딸과 소풍을 나선 "준호"는 "은밀하게 장전하고 있던 얼음 같은 감정", 즉 아버지에 관한 트라우마와 맞닥뜨리게 된다. 「여기 없는 날들」의 "그녀" 역시 마찬가지다. 아이를 잃은 고통에서 벗어나고자 예정 없이 길을 나선 "그녀"가 다다른 곳은 "돌아갈 길이 없는 것처럼 막막하고 답답했"던 가난한 성장기를 보낸 동네였다. 기이한 것은 "그녀" 자신도 그 동네를 다시 찾아가리라곤 예측하지 못했다는 점이다. 「사수의 의무」의 두 주인공은 극단적인 사례다. "사회의 법과 제도를 한 번도 어겨본 적이" 없는 "윤리교육학도"인 "윤미"가 가방을 훔쳐 도주하는 도둑이 될 줄은, "윤미"를 보호하는 일을 청탁받은 "여성안심귀가 경호원"인 "남자"가 "윤미"를 공격해 가방을 탈취하는 강도가 될 줄은 그들 자신도 알지 못한 자아의 이면이었다.

이렇듯 자아와 자신의 삶에 무지한 이미욱 소설의 인물들은 결과적으로 자신에게서 연원하는 문제와 씨름한다. 때문에 소설 속에는 사실상 타자와의 갈등이 존재하지 않는다. 표면적으로는 남편과 갈등을 겪고(「밤이 아닌 산책」, 「여기 없는 날들」), 가족 간 불화가 생기거나 친구와 다투고(「이해 불가능한 시도」), 생면부지의 타인과 충돌하더라도(「사랑의 미로」), 그 문제들은 실상 자기 자신과의 내적 불화가 타인과의 대립으로 외면화된 것일 뿐이다. 이미욱의 소설은 저마다 크고 작은 결핍과 상처, 때로는 말할 수 없는 트라우마를 안고 살아가는 인물들의 모놀로그에 가깝다.

자동문에 갇혀 버린 거요?

검은 모자를 쓴 남자가 옆에 와 있었다. 키 작은 낙타를 떠올리게 하는 모습이었다.

그게 무슨….

남자의 눈이 모자에 가려 보이지 않았다.

문이 열려 있어도 못 나가니 하는 말이오.

그녀는 그제야 자동문이 자신을 인식하고 있다는 것을 알아챘다.

제 문에 갇힌 게로군.

「여기 없는 날들」의 "그녀"는 통증의 원인을 알 수 없다는 진단을 받고 나오는데, 병원 출입문 앞에서 잠시 상념에 빠진다. 그때 "키 작은 낙타를 떠올리게 하는" "검은 모자를 쓴 남자"가 다가와 "제 문에 갇힌" 것이라고 말한다. 의사조차 병명을 모르던 그 증상의 원인을 단번에 진단한 것이다. 진단에 따르면, 통증의 원인은 다름 아닌 "그녀" 자신에게 있다. 그러니까 "그녀" 자신이 통증이 낫기를 바라지 않는다는 말이다.

「여기 없는 날들」의 "그녀"는 뜻하지 않은 사고로 아이를 잃었고, 짐작하겠지만 그 상실의 트라우마에 갇혀 살아가는 인물이다. 원인 불명의 두통 역시 트라우마의 여진(餘震)일 것이다(실제로 두통은 아이의 사망에 책임이 있는 담당 교사가 무죄로 판결 난 것에 충격을 받은 후부터 생겨난다). 그런데 "검은 모자를 쓴 남자"의 통찰에 의하면, "그녀"를 괴롭히는 격심한 통증은 일종의 방어기제라고 해석할 수도 있다. 다시 말해 트라우마를 회피하기 위해, 아이를 잃은 고통 속에서 도저히 살아갈 수 없기 때문에 그 고통을 대신하는 통증을 안고 살아가는 것이다. 이 대증요법은 트라우마를 벗어날 수는 없고, 그러나 삶을 연명할 수밖에 없을 때 받아들여야 하는 궁여지책이다.

그런데 그 궁여지책은 또한 간교한 욕망의 산물이다.

대증요법은 어쩔 수 없는 선택이면서 "그녀"의 무의식적인 욕망 하나를 실현하고 있다. 그것은 고통과 통증의 시소게임을 유지하는 것, 즉 아이가 죽었다는 사실을 부인할 수 있는 것이다(아이의 죽음이 사실이 아닐 수 있다면, 그 어떤 고통 속에서도 살 수 있으리라). 이것이 "그녀"가 열린 문을 나가지 않고 "제 문에" 갇혀 있는 까닭이다.

이미욱 소설의 인물들은 저마다 이러한 대증요법식 증상을 앓고 있다. 그들은 고통스러운 트라우마나 치명적인 진실을 외면하고 은닉하기 위해 그것을 대체할 다른 고통과 진실의 드라마를 만들어낸다. 「이해 불가능한 시도」에서 자신을 배신한 "인애"에 대한 "혜란"의 적의는 자신이 먼저 신의를 버린 가해자라는 진실을 망각한 결과다. 「에버그린의 방향」에서 어린 딸과 동행하는 "준호"의 어색한 아버지 노릇은 아버지의 부재를 받아들이지 못한 미성숙한 자아의 역상이다. 「사랑의 미로」에서 말이 통하지 않는 무례한 러시아인 노부인에 대한 "나"의 분개는 (언어적) 소통에 서투른 자신을 간과한 반응이다. 「밤이 아닌 산책」에서 육아와 가사에 함몰되어 자신의 삶을 잃어버릴까 두려워하는 "여자"의 모습은 또 다른 상실에 대한 절망감을 숨기고 있다.

이러한 사정 때문에 저 인물들에게는 이런저런 비밀이 많다. 비밀은, 「밤이 아닌 산책」에 등장하는 "난쟁이"(키작은 현자!)의 말을 조금 맥락을 비틀어 인용하자면, 끔찍한 트라우마와 위험한 진실을 안고 살아가기 위한 "생존전략"이다. 이미욱 소설의 인물들은 저마다 은닉하거나 망각하고 있는 과거의 트라우마와 진실에 관한 비밀들을 손쉽게 누설하거나 발설하지 않는다. 어쩌면 그 자신조차 비밀을 잊어버렸는지도 모른다. 그들은 비밀의 기억을 상기하지 않는 것만이 자신을 지킬 수 있는 방법이라고 믿는다. 그리고 비밀을 함구하는 인물들의 주위에는 그들에게 끊임없이 말을 건네는 자들이 배회한다.

3

이미욱 소설의 주인공들은 대체로 말수가 적다. 아주 과묵하다고 단정할 수 없지만, 대화의 기술이 능숙하지 못하고 타인에게 먼저 말을 건네는 일에 서툴다(상념과 독백의 비중이 높은 서술 스타일도 과묵한 인물들의 인상에 일조하는 면이 없지 않다). 반면에 이미욱 소설에는 이처럼 과묵해 보이는 주인공들과 달리 낯선 타인에게도 서슴없이 말을 건네고, 끊임없이 말을 쏟아내는 사람들이 반복적으로 나온다. 그들의 존재를 굳이 명명하자면, '너무 말이 많은 자'라고 부를 수 있을 것이다.

가장 수다스러운 인물은 아마도 「사수의 의무」의 "뽀글씨"일 것이다. 늦은 밤 버스정류소에 나타난 "뽀글씨"는 생면부지 "윤미"에게 가방의 가격을 물어보고 출신 학교를 캐묻더니, 성범죄가 만연한 세태에 관해 연설하고, 아내와 다정하게 대화하는 "남자"의 통화를 넉살 좋게 품평하더니 그 자신도 모두 들으라는 듯 큰 소리로 누군가와 통화하고는, 기다리던 버스가 도착하자 "윤미"에게 인사를 건네고 떠난다. "뽀글씨" 못지않은 인물이 「밤이 아닌 산책」의 "곰보 노인"(과 "배불뚝이 노인")이다. 마을 통장을 지낸 "곰보 노인"은 말이 많은 데다 주민들에 관해 모르는 게 없다. "여자"는 첫 만남에서 자신의 해산달을 알고 있는 "곰보 노인"의 인사를 받고 "당황스럽고 불편했다." 이후로 "곰보 노인"은 "여자"를 볼 때마다 말을 건네고 이것저것 참견하며 훈계한다.

눈치챘겠지만, '말 많음'은 단지 수다스러움을 가리키는 게 아니라, 불쾌하고 무례할 정도로 타인의 삶에 간섭하고 관여하는 태도를 뜻한다. 그래서 「사랑의 미로」에서 러시아인 "노부인"은 거의 아무런 말을 하지 않지만, 역시나 말 많은 자의 범주에 포함되는 인물이다. 예컨대 "노부인"은 당연하다는 듯 자신을 배려하여 자리를 양보하길 원하고, 심지어 기내용 슬리퍼를 신기 위해 부츠를 벗겨 달라고 요구한다. 또한 노골적으로 기내식 빵을 달라고 하며, 나중엔 다급하게 인슐린 주사를 놓아 달라고 끈질기게 요청한다. 이러한 의미에서 「이해 불가능한 시도」의 "인애" 역시 과거 자신의 잘못을 부인하며 분노를 드러내는 "혜란"에게 태연하게 약 처방을 받으라고 충고한다.

비밀을 품은 인물들은 말 많은 자들과 조우하면서 자신이 믿고 있는 비밀의 완전성에 조금씩 균열이 발생하는 것을 감지(하고 두려워)한다. 그리고 그 균열의 틈새로 망각한 기억의 실타래들이 조금씩 풀려나온다. 여기서 놓치지 말아야 할 핵심은 저 말 많은 자들이 주인공의 비밀을 겨냥하고 접근하는 것은 아니라는 점이다. 정확히 말해 말 많은 자들은 타인의 비밀 따위에는 무관심하다. 그들은 단지 그들의 방식대로 살아가다 때론 무례하거나 때론 친절한 방식으로 타인의 삶에 관해 무수한 말들을 뱉어놓고 떠날 뿐이다.

이미욱의 소설에서 비밀을 품은 자와 말 많은 자가 조우하는 방식은 어떻게 설명되는가? 그것은 순전히 우연한 일이다. 「여기 없는 날들」을 보자. 앞서 말했듯 "그녀"는 불의의 사고로 아이를 잃은 뒤 원인 모를 두통에 시달리고 있다. 별다른 처방을 받지 못하고 병원을 나온 후, "그녀"는 집으로 가는 버스를 놓치자 아무 버스나 타고 모처에 내린다. 그곳은 이제 곧 철거로 사라질 마을이었는데, "그녀"는 허물어져 가는 마을 골목골목을 돌아다니다 극심한 두통을 느낀다. 정신을 차린 뒤 "뜯어진 벽들 사이로 오래된 나무 문에 녹슨 창문이 열려있는 것"을 발견하고, 발길을 옮기다 우연히 "그"를 만난다. "그"는 과거 연탄가스 중독된 "그녀"를 살려준 은인이었고, 철거로 사라질 동네는 열여섯 무렵 "그녀"가 잠시 살던 곳이었다. "그녀"는 이 마을을 찾아올 계획이 없었던바, 아무 버스나 타고 아무 곳에나 내려 골목을 헤매다 이 동네를 찾아온 것은 (무의식의 인도가 아니라면) 우연한 일이었다. "그"는 과거 한동네에 살던 "화투집 딸내미"인 "그녀"를 먼저 알은척하고 스스럼없이 하대하며 "언니"의 식당에 데려다 식사를 대접한다("언니" 역시 "그녀"를 알아본다). "그녀"는 "그"와 함께 해장국을 먹던 중, 식당 TV에서 "아동을 질식사시킨 보육교사가 유족에게 4억을 배상하라는 판결이 내려진 뉴스"를 본다. 그때 "그녀"는 "돈으로 해결될 일이 아닌데"라는 언니의 한탄을 듣고 "견딜 수 없이 무거운 울음"을 쏟아낸다. "아이의 장례를 치르는 동안"에도 울지 않던 "그녀"는 급기야 "어깨를 들썩이며 엉엉" 울음보를 터뜨린다. 그 모습을 보며 "언니"는 "괜찮다. 울어도 된다."라며 "그녀"를 위로한다.

죽은 아이를 아직 애도하지 못한 "그녀"가 가난한 시절을 살았고 이제는 사라질 동네에서, 아버지의 죽음과 화투점으로 돈을 벌던 어머니에 대한 기억, 죽음 직전까지 갔다 살아난 자신의 체험이 남아 있는 동네에서 과연 무엇을 어떻게 위로받았는지는 분명하게 알 수 없다. 그 동네가 "그녀"에게는 위로의 장소가 될 수 있으리라 짐작할 수 있을 뿐, 죽은 아이의 애도에 실패한 "그녀"가 어떻게 애도에 성공할 수 있는지 서사적 논리로 설명되지는 않는다.

그러나 한 가지 분명한 것은 죽은 아이에 대한 애도를 가능하게 한 계기가 "언니"의 평범한 말("돈으로 해결될 일이 아닌데….")과 위로("괜찮다. 울어도 된다.")라는 사실이다. 다른 폭력적인 저들의 행태와 사뭇 다르긴 하지만, "그"와 "언니" 역시 저 "곰보노인"이나 "뾰글씨"와 같은 말 많은 자의 범주에 속한다. 말 많은 "언니"의 상투적인 푸념과 한탄이 세상을 적대하던 "그녀"에겐 그 무엇보다도 위로의 말이 될 수 있었다. 그리고 그 위로와 함께 울음을 쏟으며 "그녀"는 아이의 죽음에 책임이 있다고 믿는 교사에 대한 무죄 판결이 잘못된 것이 아니라는 사실을 수긍함으로써 비로소 애도를 시작하게 된다.

이제 이미욱의 소설에서 저 수다스런 인물들이 등장하는 이유를 짐작할 수 있다. 이미욱 소설의 주인공들은 자기만의 비밀에 스스로 갇혀 있는바, 수다스러운 자들이 늘어놓는 예의 공연한 말들은 부지불식간 저 단단한 비밀의 빗장을 여는 계기를 제공한다.

그렇다면 저들이 무작위적이고 우연적인 방식으로 조우하는 서사적 짜임의 의미는 무엇일까? 말하자면 왜 누군가 뜻 없이 내뱉은 말들이 오래 닫혀 있던 마음의 빗장을 푸는 열쇠가 되는 것일까? 그것은 이미욱 소설의 주인공들이 그 누구보다 자신을 속박하는 과거의 비밀에서 벗어나고자 몸부림친다는 것을, 비밀로 묻어버린 트라우마와 진실을 끊임없이 상기하고자 노력한다는 사실을 반증한다. 요컨대 그들은 그 어떤 말이라도 마음의 빗장을 풀어줄 열쇠가 될 수 있길 간절히 바라고 있는 것이다.

4

그리하여 이미욱 소설의 인물들은 불현듯 잠겨 있던 과거의 어떤 기억을 상기한다. 그럼으로써 자신을 감금한 비밀의 족쇄로부터 스스로를 해방시킨다. 「에버그린의 방향」은 이러한 상기의 과정과 효과에 대한 전형적인 사례다.

「에버그린의 방향」에서 "준호"는 딸 "수아"와 함께 앞으로 딸이 다닐 유치원 "에버그린"을 방문한다. 초록빛 숲이 우거진 "에버그린"에서 "준호"는 어릴 적 살던 산동네의 숲을 떠올리고, 불현듯 바다에서 죽은 아버지에 대한 기억을 떠올린다. 그러던 중 동석하게 된 "해인 엄마"와 말을 나누다 그녀가 바로 대학 동창인 "베트남 황"이라는 것을 기억해낸다. 그리고 대학생 때 "베트남 황"과 함께 "어민학생연대활동"을 다녀온 일, 그때 그곳에서 (아마도 아버지에 대한 그리움 때문에) 바다에 넋을 놓고 걸어가다 바다에 빠져 죽을 뻔한 일, "준호"를 구한 것이 다름 아닌 "베트남 황", 즉 "황선희"라는 사실을 회상한다.

이때 바다에서 목숨을 잃을 뻔한 사건을 상기하는 장면은 예의 이미욱이 얼마나 탁월한 기억력의 소유자인지를 보여준다.

반듯하게 가로지르는 서해의 수평선, 달빛으로 가릴 수 없는 바다, 들썩이는 파도 앞에서 준호는 넋을 놓았다. 멀건 눈동자에 지난날들이 밀려오고 쓸려나갔다. 갯바위로 철썩이는 파도가 자꾸만 가슴에서 부서지는 것 같았다. 해일이 쓸고 지나간 바다를 향해 쏟아냈던 어머니의 둥근 울음이 들리는 듯했다. 밤공기에 눈시울이 붉어졌다. 수면 위로 오래전 바다가 데려간 얼굴이 걸려 있었다. 바닷물에 씻겨 허옇게 굳어버린 얼굴이 준호의 눈에 차올랐다. 물결 위로 푸른 손이 솟아오르더니 준호를 향해 내밀었다. 준호의 발이 바닷물에 젖어가고 있었다. 보얀 살결의 몸내음이 코끝에 스며들었다. 준호는 저도 모르게 손을 들었다. 파도가 발목을 끌어당기는 것 같았다. 파도에 이끌리듯 준호는 바닷속으로 조금씩 걸어 들어갔다. 턱밑까지 차오른 바닷물에 몸이 휘청거리자 푸른 손이 준호를 붙잡았다. 마주 잡은 푸른 손이 어루만지듯 했다. 이토록 차갑고도 부드럽다니. 한순간 억눌러 왔던 감정이 솟구쳐 올랐다. 울타리가 되어주지 못한 무감한 손이었다. 그런데도 푸른 손을 놓지 않으려고 안간힘을 쓰는 이유를 알지 못했다. 어느 결에 파도가 높이 솟아오르자 물보라가 커다랗게 일었다. 새하얀 물보라 위로 무지개가 떴다. 한눈을 파는 사이에 푸른 손이 사라져버렸다. 가슴 깊이 새겨진 이름이 빠져나올 정도로 울부짖었다. 그러나 파도만 몰아칠 뿐이었다. 준호의 손에는 사라지지 않은 열기가 감돌았다. 당신, 이제 평온한 곳으로 가시는 건가, 푸른 손을 안고….

죽음에 임박한 순간, 아버지에 대한 결핍을 비로소 치유할 수 있었던 그 순간을 상기함으로써 "준호"는 삶에 대한 의욕과 의지가 충만한 상태("에버그린")를 회복한다. 이후 집으로 돌아오는 길에 "준호"는 "수아"가 좋아하는 수족관을 구입하고, 어색했던 딸과의 관계는 친밀해진다. "준호"의 아내 "현주"는 평소 무기력하던 남편이 "에버그린"을 다녀와 생기와 활력을 되찾자 놀라워한다. 그리고 그날밤, "준호"는 "수아"의 '아버지'라는 호명에 잠시 아득해지고, 하루를 되돌아보며 "무지개를 본 것처럼" 어떤 희망에 부풀어 오른다.

우리가 무엇보다 눈여겨보아야 할 것은 "준호"가 자신의 트라우마와 마주하는 기억을 떠올리는 장면, 즉 이미욱 소설의 성취가 담긴 상기가 무엇인지를 보여주는 장면이다. 플라톤은 상기하는 정신을 소유한 자들을 신과 함께 있는 사람, 즉 접신 상태에 있는 존재(『파이드로스』)라고 설명한다. 플라톤의 상기가 나를 벗어나 이데아 또는 신과의 합일에 이른 상태를 의미한다면, 이미욱의 상기는 진정한 나와의 만남, 즉 억압하고 함구해야 했던 비밀 속에 갇힌 자아에서 벗어나 잃어버린 자기 자신과의 화해에 이른 상태를 보여준다.

이러한 탁월하면서 아름다운 상기의 예시를 우리는 「밤이 아닌 산책」이나 「여기 없는 날들」에서도 발견할 수 있다. 「밤이 아닌 산책」에서 물속을 유영하는 어떤 환영과 「여기 없는 날들」의 조등을 따라가는 슬픈 애도의 환상을 상기해 보라. 그 장면들에는 어김없이 삶과 죽음이 교차하며 새로운 재생과 부활의 신비로운 힘이 넘쳐흐르고(「에버그린의 방향」에서처럼 「밤이 아닌 산책」과 「여기 없는 날들」 역시 생의 임계지점으로서 죽음의 영도를 통과하며 새로운 생을 부여받는 재생과 부활의 과정을 목도할 수 있다), 트라우마에 갇혀 살아가는 과거의 나와, 자기 자신을 외면했던 현재의 나가 신비로운 환영 속에서 화해하는 장면을 목격하게 된다.

살아온 삶의 모든 순간을 기억할 수 있을까? 그것이 가능하다면 누구도 나 자신으로서 존재할 수 없을 것이다. 생을 영위하기 위해서 우리는 매순간 어떤 삶은 기억하고 또 어떤 삶은 망각한다. 그리고 그 과정에서 우리는 필연적으로 "제 걸음대로"(「밤이 아닌 산책」) 살아가지 못한다. 망각한 삶과 함께 수없이 나를 잃으며, 왜소한 자아에 갇혀 살아간다. 이미욱의 소설은 고통스러운 삶을 회피하느라 잃어버렸던 나를 되찾기 위해 '나'를 탐구하고 배우는 과정에 대한 이야기다. 그 탐구와 배움을 상기라고 부를 수 있다. 이미욱의 상기술는 고통스러운 삶의 모든 순간을 기어이 되살려내고 마주한다. 그것이 가능한 것은 삶의 모든 순간을 기억할 수 있기 때문이 아니다. 이미욱은 삶의 모든 순간을 기억하는 게 아니라, 사랑하는 것이다. 그리하여 상기란 삶에 대한 열렬한 사랑이다. 자아의 속박에서 벗어나 잃어버린 나와 조우하는 이미욱 소설의 아름다운 장면들에서 새로운 생을 꿈꾸는 에로스의 온기를 느낄 수 있는 것은 바로 그 때문이다.

작가의 말

오롯이
하나의 존재가 자라는 동안 두 번째 집을 짓는다.
더 나은 삶을 살기를 바라는 마음보다 앞서는 것은
그저 무탈하길 바랄 뿐이다.

세간들은 손과 마음을 거쳐
비켜서지 않고 마주한 것들로 신경이 곤두선
불면의 밤마다 사력을 다해 아물어진 것이다.
저변에 감춰진 것이라
빛보다 어둠 속에서 더 밝게 보일 수 있다.

다를 바 없는 예사로운 풍경 속에서
어디에도 내가 보이지 않으면 잃어버린 건 아닌지
웅크려 찾다 보면 어느새 시작되는 문장
기억하고 기록하는 매시간이 온몸에 새겨지고
마침표를 찍을 때까지 부단히 앓아야 했던 날들
이겨낼 수 있는 유일한 치료제는 마침표밖에 없어
암담하지만 그럼에도 다시 시작하는 쓰기
잊지 않고 되살려서 갈등의 여지를 두는
벗어나지 못하는 열망의 세계.

쉴 새 없이 재잘거리며 피어나는 아이
선량한 웃음으로 투명해지는 그대
한없는 온기를 품은 부모님
갈수록 무르익는 소중한 사람들
이야기를 잘 묶어준 호밀밭에게
진심으로 고마운 마음을 전한다.

서로의 삶을 어루만지며 살아가는 동안
지금보다 더한 일들이 벌어지더라도
부디 건강하게 잘 버텨내길 간절히 기원한다.

당신에게 전해진 이 책
세상과 내면을 좀 더 들여다볼 수 있도록
문을 열어주는 손잡이처럼 쓸모가 있길 바란다.

밤이 아닌 산책
ⓒ 2020, 이미욱

지은이 이미욱
초판 1쇄 발행 2020년 09월 16일
펴낸곳 호밀밭
펴낸이 장현정
소설선 기획위원 박형준, 임명선, 차선일
편집 임명선
디자인 최효선
마케팅 최문섭
종이 세종페이퍼
인쇄제작 영신사
등록 2008년 11월 12일(제338-2008-6호)
주소 부산 수영구 광안해변로 294번길 24 B1F 생각하는 바다
전화, 팩스 070-7701-4675, 0505-510-4675
전자우편 homilbooks@naver.com, bada@homilbooks.com

Published in Korea by Homilbat Publishing Co, Busan.
Registration No. 338-2008-6.
First press export edition September, 2020.
Author Lee Mi Ok
ISBN 979-11-90971-01-0 03810

※ 가격은 겉표지에 표시되어 있습니다.
※ 이 책에 실린 글과 이미지는 저자와 출판사의 허락 없이 사용할 수 없습니다.
※ 도서출판 호밀밭은 지속가능한 환경과 생태를 위해 재생 가능한 종이를 사용해 책을 만듭니다.
※ 본 도서는 2020년 부산광역시, 부산문화재단 지역문화예술특성화지원 부산문화예술지원사업으로 지원을 받았습니다.

이 도서의 국립중앙도서관 출판예정도서목록(CIP)은 서지정보유통지원시스템 홈페이지(http://seoji.nl.go.kr)와 국가자료종합목록 구축시스템(http://kolis-net.nl.go.kr)에서 이용하실 수 있습니다. (CIP제어번호 : CIP2020035648)